HEYNE BÜCHER

SCIENCE FICTION

Herausgegeben
von Wolfgang Jeschke

Von **Michael Swanwick** erschien in der Reihe
HEYNE SCIENCE FICTION & FANTASY:

Vakuumblumen · 0604636
Die Todesschneise · 0605002
Eines Greifen Ei · 0605094

MICHAEL
SWANWICK

Eines Greifen Ei

Roman

Aus dem Amerikanischen übersetzt
von
IRENE BONHORST

Deutsche Erstausgabe

WILHELM HEYNE VERLAG
MÜNCHEN

HEYNE SCIENCE FICTION & FANTASY
Band 0605094

Titel der amerikanischen Originalausgabe
GRIFFIN'S EGG
Das Umschlagbild malte Peter Gudynas,
der auch die Innenillustrationen zeichnete

Redaktion: Wolfgang Jeschke

Erstausgabe: A Legend Novella by Century,
Random Century Group, London

Printed in Germany 1993
Umschlaggestaltung: Atelier Ingrid Schütz, München
Technische Betreuung: Manfred Spinola
Satz: Schaber, Satz- und Datentechnik, Wels
Druck und Bindung: Ebner Ulm

ISBN 3-453-07257-X

Dieses Buch ist den ›Loud Philadelphians‹ gewidmet:

Tess Kissinger, Bob Walters, Susan Casper, Gardner Dozoin, Marianne Porter, Mike Ford *emeritus,* Greg Frost, Joanne Burke, David Axler, Ray Ridenour (hon.), Tim Sullivan *emeritus,* sowie gelegentlich Janet und Karl Kofoed.

Der Mond? Er ist eines Greifen Ei,
ausschlüpfen wird er morgen nacht.
Und die kleinen Buben geben acht,
bejubeln mit entzücktem Geschrei,
wie er die Schale knackt und zappelt,
und über die Himmelsbahn krabbelt.
Die Buben lachen. Die Mädchen, möcht' ich meinen,
verstecken sich und werden vielleicht weinen …

– Vachel Lindsay

DIE SONNE BLITZTE hinter den Bergen auf. Gunther Weil hob eine Hand zum Salut, dann zuckte er zusammen, als der grelle Schein genau in dem Moment seine Augen traf, den sein Helm zum Polarisieren brauchte.

Er transportierte Brennstäbe zur Industrieanlage des Kraters Chatterjee. Im Reaktor B von Chatterjee hatte es vierzig Stunden vor dem Morgengrauen einen Störfall gegeben, der fünfzehn ferngesteuerte Komponenten und ein Mikrowellenrelais zerstört und eine gewaltige Energiewelle ausgelöst hatte, durch die in allen Fabriken auf dem Gelände gleichartige Schäden verursacht worden waren. Zum Glück war ein Schmelzen, wie es immer wieder vorkam, von vornherein im System eingeplant. Als die Sonne über dem Hochland des Rätikon aufging, war ein neuer Reaktor gebaut und inzwischen soweit fertiggestellt worden, daß er in Betrieb genommen werden konnte.

Gunther fuhr, ohne sich bewußt darauf zu konzentrieren, während er die Entfernung nach Bootstrap anhand der Menge des Mülls ermaß, der die Straße zum Mare Vaporum säumte. In der Nähe der Stadt waren ausrangierte Produktionsmaschinen und beschädigte Montagewerker in Vakuum-Speichern zwischengelagert und warteten auf eine mögliche Entsorgung. Zehn Kilometer außerhalb war ein Transporter mit Druckbelüftung explodiert und hatte Maschinenteile und riesige Würmer von Isolierschaum über die Landschaft verteilt. Etwa bei Kilometer fünfundzwanzig hatte ein schlecht ausgebautes Stück Straße vom Durchgangsverkehr jede Menge Frachtpaletten und zerschmetterte Positionslampen gefordert.

Vierzig Kilometer weit draußen jedoch war die Straße frei von Unrat, eine gerade, saubere Spur durch den Steinschutt. Er achtete weder auf die Stimmen in Innern seine Kopfes noch auf das Rattern des Verkehrs und die automatisch durchgegebenen Sicherheitsmeldungen, die der Wagen routinemäßig in seinen Mentalkommunikations-Chip fütterte, sondern ließ die topographischen Details auf dem Armaturenbrett ablaufen.

Ziemlich genau hier mußte es sein.

Gunther bog von der Straße zum Mare Vaporum ab und zog von nun an Spuren in jungfräulichem Boden. »Sie haben die vorgegebene Route verlassen«, sagte der Wagen. »Abweichungen vom Plan sind nur mit der ausdrücklichen und aufgezeichneten Genehmigung des Speditionsleiters zulässig.«

»Na ja, schon.« Gunthers Stimme schallte laut in seinem Helm, der einzige von einem lebendigen Körper erzeugte Laut in einem Geisterbabel. Er hatte die Druckanlage in der Kabine nicht eingeschaltet, und die Isolierschichten seines Anzugs glichen sogar das Holpern der Gleitflächen aus. »Du weißt genausogut wie ich, daß Beth Hamilton überhaupt nichts dagegen hat, wenn ich zwischendurch ein bißchen herumstreune, solang ich mit dem Fahrplan nicht allzusehr in Verzug gerate.«

»Sie haben die sprachlichen Fähigkeiten dieses Geräts überschritten.«

»Alles ist in Butter, mach dir nichts draus.« Geschickt befestigte er den Schalter des Gegensprechanlage mit einem Stück Draht in der Aus-Stellung. Die Stimmen in seinem Kopf verstummten sofort. Jetzt war er vollkommen von allem abgeschieden.

»Sie haben versprochen, das nie wieder zu tun.« Die Worte, die direkt in seinen Mentalkom-Chip gesendet wurden, dröhnten so tief und hallend wie die Stimme Gottes. »Die Richtlinien von Generation Fünf verlangen ausdrücklich von allen Fahrern die ständige Aufrechterhaltung der Sprechver ...«

»Heul nicht. Das macht dich nicht sonderlich reizvoll.«

»Sie haben die sprachlichen Fähigkeiten dieses Geräts ...«

»Oh, halt's Maul!« Gunther fuhr mit einem Finger über die topographischen Karten und verfolgte die Strecke, die er sich in der Nacht zuvor ausgedacht hatte: dreißig Kilometer über Sinter-Gelände, ein Terrain, das noch von keinem Menschen und keiner Maschine je überquert worden war, und dann nach Norden auf der Straße nach Murchison. Mit etwas Glück könnte es ihm sogar gelingen, Chatterjee vor der Zeit zu erreichen.

Er schwenkte in die Lunarebene ab. Felsen schwebten beidseitig an ihm vorbei. Vor ihm entzogen sich die Berge allmählich der Wahrnehmung. Abgesehen von den immer kleiner werdenden Spuren der Gleitflächen hinter ihm gab es von Horizont zu Horizont nichts, das darauf hinwies, daß die Menschheit je existiert hatte. Die Stille war absolut.

Gunther lebte für Augenblicke wie diesen. Beim Eintritt in diese unberührte, öde Leere empfand er eine überwältigende Erweiterung des Seins, als ob alles, was er sah – Sterne, die Ebene, Krater und alles –, in ihm selbst enthalten wäre. Bootstrap City war nur ein verblassender Traum, eine ferne Insel auf der sanft wogenden Oberfläche eines Steinmeeres. Niemand wird hier je wieder der erste sein, dachte er. Das ist allein mir vorbehalten.

Eine Erinnerung aus seiner Kindheit schwappte in ihm hoch. Es war am Heiligen Abend, und er befand sich im Wagen seiner Eltern auf dem Weg zur Mitternachtsmesse. Schnee fiel, dicht und ohne Luftbewegung, und machte aus all den vertrauten Straßen Düsseldorfs etwas Sauberes und Reines unter einer weißen Decke. Sein Vater saß am Steuer, und er beugte sich vom Rücksitz aus nach vorn, um voller Faszination in diese friedliche, verwandelte Welt vor ihnen zu starren. Die Stille war absolut.

Er fühlte sich von der Einsamkeit tief berührt und geheiligt.

Der Wagen pflügte durch einen Regenbogen von sanften Grau-Nuancen, unterdrückte Farben, eher sanft anklingend als grell tönend, als ob etwas Strahlendes und Prächtiges sich unter einer Staubschicht verborgen hielte. Die Sonne schien ihm auf die Schulter, und als er die Vorderachse herumriß, um einem Geröllberg auszuweichen, drehte sich der Schatten des Wagens im Kreis und griff nach der Unendlichkeit. Er fuhr mit automatischen Bewegungen, hypnotisiert von der herben Schönheit der vorbeiziehenden Landschaft.

Mittels eines entsprechenden Gedankens veranlaßte er seinen PeCe, Musik auf seinen Chip zu legen. ›Stormy Weather‹ erfüllte das Universum.

* * *

ER KAM EINEN LANGEN, fast nicht wahrnehmbaren Abhang herunter, als die Hebel in seiner Hand den Dienst versagten. Der Wagen fuhr mit höchster Kraft nach unten und hielt mit einer Vollbremsung an. »Verdammt, du Arschloch von einer Maschine!« schnaubte er. »Was soll das nun wieder?«

»Das Gelände vor uns ist nicht passierbar.«

Gunther schlug mit der Faust auf das Armaturenbrett, so daß die Karten tanzten. Die Landschaft vor ihm war ebenmäßig und sanft hügelig; jeder Ansatz von Schroffheit war vor Äonen durch die Explosion des Mare Imbrium geglättet worden. Alberner Kinderkram! Er trat mit dem Fuß die Tür auf und kletterte hinunter.

Der Wagen war durch ein dürftiges Rinnsal aufgehalten worden: eine schlangenartige Vertiefung, die sich im Zickzack quer über seine vorgesehene Route wand und für das menschliche Auge wie ein ausgetrocknetes Flußbett aussah. Er machte einen Satz zu seinem Rand hin. Es war fünfzehn Meter breit und an der tiefsten Stelle drei Meter tief. Gerade eben so flach, daß es auf den topografischen Darstellungen nicht erschien. Gunther ging zum Wagen zurück und schlug die Tür hinter sich geräuschvoll zu.

»Hör mal, die Ufer sind nicht sehr steil. Ich bin schon hundertmal schlimmere Hänge hinuntergefahren. Wir werden es einfach langsam und lässig angehen, okay?«

»Das Gelände vor uns ist unpassierbar«, wiederholte der Wagen. »Bitte kehren Sie zum ursprünglich vorgesehenen Kurs zurück.«

Jetzt war Wagner an der Reihe. *Tannhäuser.* Ungehalten schaltete er ihn per Gedanken ab.

»Wenn du so verdammt heuristisch bist, warum läßt du dich dann niemals von Vernunftgründen überzeugen?« Er biß sich ärgerlich auf die Lippe und schüttelte hastig den Kopf. »Nein, eine Umkehr würde uns weit vom Plan abbringen. Das Rinnsal wird nach ein paar hundert Metern versickern. Wir wollen ihm einfach bis dahin folgen und dann nach Murchison abbiegen. Wir sind in Null Komma nichts am Ziel.«

* * *

DREI STUNDEN SPÄTER traf er endlich auf die Straße nach Murchison. Inzwischen war er naßgeschwitzt und stank nach Schweiß, und seine Schulter schmerzte vor Anspannung. »Wo sind wir?« fragte er mißmutig. Dann fuhr er fort, bevor der Wagen antworten konnte: »Annullier das.« Der Erdboden war plötzlich schwarz geworden. Das war vermutlich der gefächerte Auswurf der Sony-Reinpfaltz-Grube. Deren Schienenschleuder war ziemlich direkt nach Süden gerichtet, um die Fabriken zu verschonen, die zu ihren Kunden gehörten, und deshalb bekam die Straße die erste Ladung ihrer Grubenspreu ab. Das bedeutete, daß er nicht mehr weit entfernt war.

Murchison war nicht viel mehr als ein Durcheinander von zusammentreffenden Lastwagenpisten, eine holperige, unbefestigte Gleitbahn, die mit grell orangefarbenen Farbklecksen auf Steinen in Randnähe markiert war. In kurzen Abständen kam Gunther an einer Reihe von Streckenmerkmalen vorbei: Harada-Werke, Sturmsee-Makrofaktur, Krupp Fünfzig. Er kannte sie alle. G5 war für die Robotertechnik des ganzen Haufens zuständig.

Ein leichter Flachbett-Wagen, der mit einem zu verfrachtenden Bulldozer beladen war, raste mit hoher Geschwindigkeit an ihm vorbei und wirbelte eine Wolke von Staubpartikeln auf, die so schnell zu Boden fielen wie Kieselsteine. Der Ferngesteuerte, der das Gefährt lenkte, winkte ihm mit einem dürren Arm zum Gruß zu. Er winkte automatisch zurück und fragte sich, ob es sich wohl um jemanden handelte, den er kannte.

Die Landschaft ringsum war geprägt von Kerben und Rillen, Staub und achtlos zu Haufen und Hügeln aufgeschichteten Steinen sowie den gelegentlichen Gerätestationen oder den Sauerstoff-Notspeicher-Plattformen, die in den Steilfelsen eingehauen worden waren. Ein Schild schwebte vorbei: TOILETTE MIT SPÜLENTSORGUNG 500 METER. Er verzog das Gesicht zu einer Grimasse. Dann fiel ihm ein, daß seine Gegensprechanlage noch immer ausgeschaltet war, und er schob die Drahtschlaufe vom Aus-Schalter weg. Es war Zeit, sich wieder in die wirkliche Welt zu begeben. Sofort drang die Stimme seiner Speditionsleiterin schimpfend und voller Störgeräusche aus seinem Mentalkom-Chip.

»… eißkerl! *Weil!* Wo, zum Teufel, steckst du?«

»Hier bin ich, Beth. Ich bin ein bißchen spät dran, aber ich bin genau da, wo ich planmäßig sein soll.«

»Scheiß …« Die Bandaufnahme brach ab, und Beth Hamiltons Stimme ertönte, live und voller Bissigkeit. »Du wirst dir in diesem Fall eine gute Erklärung einfallen lassen müssen, mein Süßer.«

»Ach, du weißt doch, wie das ist.« Gunther wandte den Blick von der Straße ab, hin zu den staubigen jadegrünen Bergen. Er würde am liebsten dort hinaufklettern und niemals wieder herunterkommen. Vielleicht würde er Höhlen finden. Vielleicht gab es dort Ungeheuer: Vakuumgnome und Monddrachen mit trägen, behäbigen Stoffwechselabläufen, die Jahrhunderte brauchten, um sich um eine Körperlänge zu bewegen, Wesen aus einer hyperdichten Materie, die durch Stein schwimmen konnten, als ob es Wasser wäre. Er stellte sich bildlich vor, wie sie tauchten, den Fährten einer Magnetkraft folgend, tief, tief in Diamant- und Plutoniumadern hinein, die Köpfe zurückwerfend und singend. »Ich habe eine Anhalterin mitgenommen, und wir sind irgendwie aneinandergeraten.«

»Versuch, das der Ismailowa zu erzählen. Sie hat eine Stinkwut auf dich.«

»Wer?«

»E. Ismailowa. Sie ist die neue Demontage-Expertin, aufgrund eines multikorporativen Vertrages hierher versetzt. Vor fast vier Stunden hat sie ein Schnellbergungsfahrzeug bereitstellen lassen, und seither wartet sie auf dich und Siegfried. Wie ich annehme, hast du sie noch nicht kennengelernt.«

»Nein.«

»Na ja, ich habe sie jedenfalls kennengelernt, und du tust gut daran, im Umgang mit ihr auf der Hut zu sein. Sie ist genau die Art von Flintenweib, die über deine Späßchen nicht lacht.«

»Ach was, sie ist nichts anderes als ein weiteres Rädchen im Getriebe, oder? Ich unterstehe ihr nicht. Und sie kann mir nichts anhaben.«

»Träum weiter, Kleiner. Es bedarf keiner großen Anstrengung, dir so etwas wie eine Rückversetzung zur Erde einzubrocken.«

* * *

DIE SONNE STAND ERST einen Fingerbreit über dem Hochland, als Chatterjee A undeutlich in Sicht kam. Gunther blickte von Zeit zu Zeit aufmerksam hin. Da sein Visier auf die Wellenlänge H-Alpha justiert war, stellte es eine strahlendweiße Kugel dar, bedeckt mit langsam wabernden schwarzen Sprenkeln: stärker granuliert als sonst. Die Tätigkeit der Sonnenflecken schien sehr rege zu sein. Er wunderte sich, daß der Strahlungs-Vorhersage-Dienst hier keine Oberflächenleitstelle eingerichtet hatte. Die Burschen vom Observatorium hatten im allgemeinen doch immer alles im Griff.

Chatterjee A, B und C bildeten eine Dreiergruppe von einfach Kratern direkt unterhalb von Chladni, und während die beiden kleineren von geringerer Bedeutung waren, war Chatterjee A das Kind eines Meteors, der die imbrianische Basaltschicht bis zu einer Aluminiumerz-Ader durchschlagen hatte, die zum feinsten gehörte, was das Hochland zu bieten hatte. Da die Förderung in dieser Anlage so überaus bequem war, war sie der Liebling der Geschäftsleitung, und Gunther überraschte es nicht zu erfahren, daß Kerr-McGee alles daransetzte, ihren Reaktor wieder in Betrieb zu nehmen.

Im Gelände wimmelte es von gleitenden Robotern und Stelzläufern und mobilen Werkern. Sie verteilten sich über die gesamte Produktionsstätte mit den Blasenkuppeln, die Schmelzöfen, die Ladedocks und Vakuumhallen. Sternbilder aus blauen Funken blinkten, während größere Anlagen abgebaut wurden. Flotten von schwerbeladenen Wagen schwärmten fächerförmig in die Mondebene aus und wirbelten Staub hinter sich auf. Fats Waller stimmte den Song an ›The Joint is Jumping‹, und Gunther lachte.

Er schaltete in den Kriechgang herunter, holte zu einem großen Bogen aus, um einer Gaspresse auszuweichen, die mit viel Geschrei auf einen Flachlader gehievt wurde, und bog in die Straße ein, die zur Rampe von Chatterjee B führte. Eine neue Landeplattform war direkt unter der Felskante aus dem Gestein gesprengt worden, und eine Traube von Leuten drängte sich um einen Bergungs-Automaten, der dort aufgestellt war. Ein Mensch und acht Ferngesteuerte.

Einer der Ferngesteuerten sprach und vollführte mit dem Arm abgehackte kleine Bewegungen. Einige standen untätig da, miteinander identisch wie so viele Telefone der alten Zeit, von der Geschäftsleitung auf der Erde nicht beansprucht, aber in Bereitschaft gehalten für den Fall, daß weitere Leitstellen in Betrieb genommen werden müßten.

Gunther löste Siegfried vom Dach der Fahrerkabine und lenkte ihn in Richtung Schnellbergungs-Springer, wobei er in einer Hand die Fernsteuerung und in der anderen die Kabelspule hielt.

Das menschliche Wesen trat vor und kam ihm entgegen. »Sie! Warum kommen Sie so spät?« E. Ismailowa trug einen wildgemusterten roten und orangefarbenen Wolga-Studio-Boutique-Anzug, der einen krassen Gegensatz bildete zu seinem Werksanzug mit dem G5-Schriftzug auf der Brust. Er konnte ihr Gesicht hinter dem golden glänzenden Visierglas nicht sehen. Doch er hörte es aus ihrer Stimme: stechende Augen, schmale Lippen.

»Ich hatte eine Reifenpanne.« Er entdeckte einen glatten Steinbrocken und legte die Kabelspule dort ab, wobei er sie ein paarmal hin und her schob, um sicherzugehen, daß sie eben lag. »Wir haben so etwa fünfhundert Meter abgeschirmtes Kabel. Reicht Ihnen das?«

Ein kurzes, angespanntes Nicken.

»Okay.« Er nahm sein Bolzengewehr aus der Halterung. »Treten Sie zurück.« Er kniete sich hin und verankerte die Spule im Stein. Dann überprüfte er schnell hintereinander die Funktionen des Aggregats. »Wissen wir, wie es im Innern aussieht?«

Ein Ferngesteuerter regte sich, trat vor und stellte sich als Don Sakai vor, Mitglied des Krisenmanagements von G5. Gunther hatte schon mal mit ihm zusammengearbeitet: kein schlechter Bursche, doch wie die meisten Kanadier war er von einer übertriebenen Angst vor der Kernenergie durchdrungen. »Miss Lang von Sony-Reinpfaltz hat ihr Aggregat darauf angesetzt, doch die Strahlung war so stark, daß sie nach einer ersten Voruntersuchung die Kontrolle darüber verlor.« Ein zweiter Ferngesteuerter nickte zur Bestätigung, doch die Schaltzeit nach Toronto war so lang, daß Sakai es nicht bemerkte. »Der Ferngesteuerte lief einfach weiter.« Er hüstelte nervös und fügte dann überflüssigerweise hinzu: »Die autonomen Kreise waren zu empfindlich.«

»Nun, dieses Problem wird es bei Siegfried nicht geben. Er ist gefühllos wie ein Stein. Auf der Evolutionsskala maschineller Intelligenz liegt er entschieden näher bei einem Brecheisen als bei einem Computer.« Zweieinhalb Sekunden vergingen, dann lachte Sakai höflich. Gunther nickte der Ismailowa zu. »Leiten Sie mich bitte durch diesen Vorgang. Sagen Sie mir, was ich tun muß.«

Die Ismailowa trat neben ihn, und ihre Anzüge drückten sich einen Moment lang aneinander, als sie eine Koppelung in seine Fernbedienung stöpselte. Verschwommene Formen flackerten über die Außenseite ihres Visiers wie die Schatten von Träumen. »Weiß er, was er tut?« fragte sie.

»He, ich ...«

»Halt den Mund, Weil«, raunte Beth Hamilton ihm über einen privaten Schaltkreis zu. Offen sagte sie: »Er wäre nicht hier, wenn die Gesellschaft nicht volles Vertrauen zu seinen technischen Fähigkeiten hätte.«

»Ich bin überzeugt davon, daß nie ein Zweifel darüber ...«, setzte Sakai an. Er versackte in Schweigen, als ihn Beth Hamiltons Worte mit Verzögerung erreichten.

»Auf dem Springer ist ein Demontagegerät«, sagte die Ismailowa zu Gunther. »Übernehmen Sie es.«

Er gehorchte und änderte Siegfrieds Konfiguration für eine kleine, dichte Last um. Das Aggregat beugte sich tief über das Bergungsfahrzeug und schloß die großen, empfindsamen Hände um das Gerät. Gunther wandte Druck an. Nichts geschah. Ein hartnäckiger Brocken. Langsam, vorsichtig gab er Kraft zu. Siegfried straffte sich.

»Die Straße rauf, dann rein und runter.«

Der Reaktor war nicht mehr zu erkennen, geschmolzen, verdreht und zusammengefaltet, ein Haufen Schlacke mit verbogenen Röhren, die aus den Rändern herausragten. Gleich zu Anfang des Vorfalls hatte es eine Explosion im Kühlsystem gegeben, und eine Wand des Kraters glitzerte von zerstäubtem Metall. »Wo ist das radioaktive Material?« fragte Sakai. Obwohl er eine Drittelmillion Kilometer weit entfernt war, hörte er sich gespannt und aufmerksam an.

»Alles ist radioaktiv«, antwortete die Ismailowa.

Sie warteten. »Ich meine ... Sie wissen schon. Die Brennstäbe?«

»In diesem Moment befinden sich Ihre Brennstäbe wahrscheinlich dreihundert Meter in der Tiefe und sind immer noch in Betrieb. Wir sprechen von spaltbarem Material, das eine kritische Masse erreicht hat. In einem sehr frühen Stadium des Prozesses werden die Brennstäbe zusammengeschmolzen sein zu einer Art superheißer Pfütze, die fähig ist, sich durch Felsgestein hindurchzubrennen. Stellen Sie es sich als einen dichten, schweren Wachsklumpen vor, der sich langsam einen Weg zum Mondkern bahnt.«

»Mein Gott, ich liebe die Physik«, sagte Gunther.

Der Helm der Ismailowa drehte sich zu ihm um, plötzlich ausdruckslos. Nach einer langen Pause schaltete er sich wieder ein und wandte sich ab. »Wenigstens ist die Straße nach unten sauber. Führen Sie Ihr Aggregat ganz bis zum Ende. Dort geht zur einen Seite ein Erkundungsschacht ab. Aus alten Zeiten. Ich möchte wissen, ob er noch offen ist.«

»Wird das eine Gerät ausreichen?« fragte Sakai. »Um den Krater zu reinigen, meine ich.«

Die Aufmerksamkeit der Frau war darauf konzentriert, wie Siegfried vorankam. Zerstreut entgegnete sie: »Mr. Sakai, es würde ausreichen, eine Kette vor die Zugangsstraße zu spannen, um dieses ganze Gelände zu reinigen. Die Kraterwände würden jeden, der in der Nähe arbeitet, gegen die Gamma-Strahlen abschirmen, und es würde keinerlei Mühe bereiten, die Wegführung von Springern so umzuleiten, daß die Passagiere ihnen nicht ausgesetzt sind. Die größte biologische Gefahr beim Schmelzen eines Reaktors kommt von der Alpha-Strahlung, die von Teilchen-Radioisotopen in der Luft oder im Wasser stammt. Wenn sie im Körper konzentriert sind, können Aussender von Alpha-Strahlen beträchtlichen Schaden anrichten; anderswo nicht. Alpha-Teilchen können mit einem Blatt Papier aufgehalten werden. Solang man einen Reaktor aus dem Ökosystem fernhält, ist er so sicher wie jede andere größere Maschine. Einen zerstörten Reaktor zu begraben, nur weil er radioaktiv ist, ist unnötig und, wenn Sie mir diesen Ausdruck verzeihen, abergläubisch. Aber ich bin nicht für Politik zuständig. Ich jage das Zeug nur in die Luft.«

»Ist das der Schacht, um den es Ihnen geht?« fragte Gunther.

»Ja. Gehen Sie bis zum Ende durch. Es ist nicht weit.«

Gunther schaltete Siegfrieds Brustlampe an und ließ ein Rollrelais hinunter, damit sich das Kabel nicht verhedderte. Sie stiegen hinunter. Endlich sagte die Ismailowa: »Halt! Das ist weit genug.« Er setzte das Gerät sanft ab und schlug nach ihrer Anweisung mit einem Ruck den Armierungsknebel herum. »So, das hätten wir«, sagte sie. »Bringen Sie Ihr Aggregat zurück. Ich habe Ihnen eine Stunde eingeräumt, um eine gewisse Entfernung zwischen sich und den Krater zu bringen.« Gunther bemerkte, daß sich die Ferngesteuerten bereits in Gang gesetzt hatten und sich entfernten.

»Ähm … ich muß noch Brennstäbe laden.«

»Nein, heute nicht. Der neue Reaktor ist wieder zerlegt und aus der Explosionszone gebracht worden.«

Gunter dachte jetzt an all die Gerätschaften, die abmontiert und aus dem Industriegelände entfernt worden waren, und zum erstenmal kam ihm die außerordentliche Dimension des Unternehmens zu Bewußtsein. Üblicherweise wurden nur die empfindlichsten Apparaturen aus einem explosionsgefährdeten Gebiet weggeschafft. »Moment mal! Was für einen gewaltigen Sprengstoff planen Sie eigentlich einzusetzen?«

Die Miene der Ismailowa drückte so etwas wie selbstbewußte Arroganz aus. »Keinen, mit dem ich nicht umzugehen wüßte. Hier handelt es sich um ein Gerät der Diplomatenklasse, von der gleichen Bauart, wie ich vor fünf Jahren eins in Aktion gesehen habe. Annähernd einhundert individuelle Anwendungen, ohne ein einziges mechanisches Versagen. Das macht es zur zuverlässigsten Waffe in der Geschichte der Kriegsführung. Sie sollten es als eine besondere Gunst erachten, daß Sie die Gelegenheit bekommen, mit einer davon zu arbeiten.«

Gunther spürte, wie sein Fleisch zu Eis erstarrte. »Jesus Maria«, sagte er. »Sie haben mich mit einer Aktentaschen-Atombombe umgehen lassen.«

»Daran sollten Sie sich besser gewöhnen. Westinghouse Lunar beginnt mit der Massenproduktion dieser kleinen Dinger. Wir werden mit ihnen Berge zum Bersten bringen, Straßen durchs Hochland sprengen und die Kraterwände des Mondes niederreißen, um zu sehen, was im Innern ist.« Ihre Stimme nahm einen prophetischen Tonfall an. »Und das ist erst der Anfang. Es gibt Pläne für Anreicherungsanlagen in Sinus Aestum. Man bringe ein paar Bomben über dem Verwitterungsboden zur Explosion, dann entnehme man dem Boden das Plutonium. Wir werden die Brennstoffdeponie für das ganze Sonnensystem sein.«

Sein Abscheu mußte sich in seiner Miene widergespiegelt haben, denn die Ismailowa lachte. »Stellen Sie sich das Ganze als Friedenswaffe vor.«

* * *

»IHR HÄTTET DABEISEIN SOLLEN!« sagte Gunther. »Es war einfach unglaublich. Die eine Seite des Kraters verschwand mir nichts, dir nichts. Sie löste sich schlichtweg in nichts auf. Zerstob zu Staub. Und eine beträchtliche Zeitlang *glühte* alles! Der Krater, die Maschinen, alles. Mein Visier war so dicht an einer Überladung, daß er anfing zu flackern. Ich dachte, er würde durchbrennen. Ich geriet völlig aus dem Häuschen.« Er nahm seine Karten auf. »Wer hat diesen Mist ausgegeben?«

Krishna grinste schüchtern und zog den Kopf ein. »Ich war mit Austeilen dran.«

Hiro runzelte finster die Stirn und betrachtete seine

Karten. »Ich bin gerade gestorben und zur Hölle gefahren.«

»Ich tausche mit dir«, bot Anya an.

»Nein, ich habe es verdient zu leiden.«

Sie befanden sich im Noguchi-Park am Ufer des Mittelsees und saßen auf geschmackvoll verteilten Steinbrocken, die so behauen waren, daß sie wie von Wasser ausgewaschen wirkten. Auf der einen Seite wuchs ein kniehoher Wald von Baby-Birken, und jemandes Spielzeug-Segelboot schwamm in der Nähe des Druckkegels in der Mitte des Sees. Bienen flogen kreuz und quer und naschten am Klee.

»Und dann, genau in dem Moment, als die Wand zerbröselte, kommt diese verrückte russische Ziege und ...«

Anya warf eine Drei ab. »Paß auf, was du sagst, von wegen verrückten russischen Ziegen!«

»... und schießt auf ihrem Springer hoch ...«

»Ich habe es im Fernsehen beobachtet«, sagte Hiro. »Wir alle haben es gesehen. Es kam in den Nachrichten. Dieser Bursche, der für Nissan arbeitet, hat mir erzählt, daß die BBC dem Ereignis dreißig Sekunden gewidmet hat.« Er hatte sich die Nase beim Karate-Üben gebrochen, als er beim Zurückzucken direkt gegen die Rammfaust des Lehrers geprallt war, und der Kontrast zwischen dem wuchtigen weißen Verband und den struppigen schwarzen Augenbrauen verlieh ihm ein mürrisches und piratenhaftes Aussehen.

Gunther warf eine Eins ab. »Du hast mich geschlagen. Mann, du hast gar nichts gesehen. Du hast nicht gespürt, wie der Boden hinterher bebte.«

»Worin genau bestand Ismailowas Verbindung zum Aktentaschen-Krieg?« fragte Hiro. »Offenkundig war sie kein Kurier. War sie in der Versorgungs- oder Strategie-Abteilung?«

Gunther zuckte die Achseln.

»Ihr erinnert euch doch an den Aktentaschen-Krieg?«

sagte Hiro höhnisch. »Als die Hälfte der Militärelite der Erde innerhalb eines einzigen Tages mobilisiert wurde? Die Welt vom Abgrund des Kriegs durch kühne Tatkraft zurückgerissen! Mutmaßliche Terroristen als Helden der Welt entlarvt!«

Gunther erinnerte sich sehr gut an den Aktentaschen-Krieg. Er war damals neunzehn Jahre alt gewesen und hatte an einem finnischen Geothermik-Projekt gearbeitet, als die ganze Welt in Zuckungen geriet und sich beinah selbst vernichtet hätte. Das war einer der ausschlaggebenden Faktoren für seine Entscheidung gewesen, auf einen anderen Planeten auszuwandern. »Können wir denn niemals über etwas anderes als über Politik reden? Mir hängt es zum Hals raus, und ich bin es leid, ständig etwas über geschichtsbestimmende Schlachten zu hören.«

»He, sag mal, bist du nicht eigentlich mit der Hamilton verabredet?« fragte Anya plötzlich.

Er blickte zur Erde hinauf. Die Ostküste von Südamerika kreuzte soeben den Abenddämmerungs-Terminator. »Ach, zum Teufel, es ist noch genügend Zeit, um die Hand auszuspielen.«

Krishna gewann die drei Damen. Hira war mit Geben an der Reihe. Er mischte flink und knallte die Karten mit ärgerlichen kleinen Armschlägen auf den Tisch. »Okay«, sagte Anya, »was hast du auf dem Herzen?«

Er blickte wütend auf, senkte den Blick dann wieder und sagte mit nuschelnder Stimme, als ob er plötzlich so schüchtern wie Krishna wäre: »Ich reise nach Hause.«

»Nach Hause?«

»Meinst du, zur Erde?«

»Bist du verrückt? Jetzt, da alles im Begriff ist, lichterloh in Flammen aufzugehen? *Warum?*«

»Weil mir der beschissene Mond so unheimlich auf die Nerven geht. Er muß der häßlichste Ort im ganzen Universum sein.«

»Häßlich?« Anya ließ den Blick ausgiebig über die terrassenförmig angelegten Gärten schweifen, die Flüsse, die auf der obersten Ebene entsprangen und in acht dunstverhangenen Wasserfällen herabfielen, bevor sie den Hauptteich erreichten, um ihre Zirkulation wieder aufzunehmen, und über die anmutig gewundenen Pfade. Leute spazierten durch große Bögen von Rosenbüschen und vorbei an hohen Forsythiensträuchern und bewegten sich mit den traumartigen, schwebenden Schritten, die den Gang auf dem Mond wie ein Voranstreben unter Wasser erscheinen ließen. Andere hüpften in die Bürotunnels hinein oder aus ihnen heraus und hielten ab und zu inne, um Finken zu beobachten, die Schleifen flogen und sich auf Gurkenbeete herabsenkten. Auf dem Markt der mittleren Ebene bildeten die Zelte, in denen Hobbykapitalisten in ihrer Freizeit Fabrikanlagen, Weidenkörbe, Briefbeschwerer aus orangefarbenem Glas sowie Kurse in Postinterpretationstanz und Analyse elisabethianischer Dichtung feilboten, ein Wirrwarr aus prunkvoller Seide in Türkis, Scharlach und Aquamarin. »Ich finde, daß er hübsch aussieht. Vielleicht ein bißchen überfüllt, aber das ist die Pionier-Ästhetik.«

»Er sieht aus wie ein Einkaufszentrum, aber davon spreche ich nicht. Es ist ...« Er rang nach Worten. »Es ist ... das, was wir diesem Planeten antun, das mich bekümmert. Ich meine, wir graben darin herum, schmeißen überall Müll in die Gegend, reißen die Berge auseinander, und wofür das alles?«

»Für Geld«, sagte Anya. »Verbrauchsgüter, Rohmaterial, eine Zukunft für unsere Kinder. Was ist daran verwerflich?«

»Wir bauen keine Zukunft, wir bauen Waffen.«

»Es gibt nicht einmal eine Pistole auf dem Mond. Das hier ist interkorporatives Entwicklungsgebiet. Waffen sind verboten.«

»Du weißt, was ich meine. All diese Antriebs- und Abwurfsysteme für Bomber und die Raketenhüllen, die hier gebaut und in eine niedere Erdumlaufbahn verschifft werden. Wir wollen doch nicht so tun, als wüßten wir nicht, welchem Zweck sie dienen.«

»Na und?« entgegnete Anya achselzuckend. »Wir leben in der Wirklichkeit. Keiner von uns ist so naiv zu glauben, daß Regierungen ohne Armeen bestehen können. Warum ist es schlimmer, wenn diese Dinge hier gebaut werden anstatt anderswo?«

»Es ist die kurzsichtige, egoistische Gier unseres Handelns, die mich fertigmacht! Habt ihr in letzter Zeit mal einen Blick auf die Oberfläche geworfen und gesehen, wie sie aufgeschlitzt, zerrissen und umgeschichtet wird? Es gibt immer noch Orte, wo man eine spröde Schönheit bewundern kann, die sich nicht verändert hat seit der Zeit, als unsere Vorfahren auf den Bäumen schaukelten. Doch wir machen immer mehr davon zunichte. Für die nächste Generation nach uns, allenfalls die übernächste, wird der Mond kein schönerer Platz mehr sein als irgendeine gewöhnliche Müllkippe.«

»Wir haben doch erlebt, wie die Industrie der Umwelt auf der Erde geschadet hat«, sagte Anya. »Sie von unserem Planeten wegzuverlegen, war doch eine gute Idee, oder nicht?«

»Schon, aber der Mond …«

»Hat nicht mal eine Ökosphäre. Hier gibt es nichts, das Schaden nehmen könnte.«

Sie blickten einander eindringlich an. Schließlich sagte Hiro: »Ich möchte nicht darüber reden«, und nahm mürrisch seine Karten auf.

* * *

Fünf oder sechs Spiele später schlenderte eine Frau heran und ließ sich neben Krishnas Füßen ins Gras fallen. Ihr Lidschatten war von einem lebhaften, elektrisierenden Purpurrot, und auf ihrem Gesicht brannte ein irres Lächeln. »Oh, hallo«, sagte Krishna. »Kennen alle hier Sally Chang? Sie ist eine wissenschaftliche Komponente des Zentrums für Selbstreproduktionstechnik, genau wie ich.«

Die anderen nickten. Gunther sagte: »Gunther Weil. Arbeiterschaftliche Komponente der Generation Fünf.«

Sie kicherte.

Gunther blinzelte. »Sie sind offensichtlich bester Laune.« Er fuhr mit den Fingerknöcheln über die Karten in seiner Hand. »Ich räume gern meinen Platz im Spiel.«

»Ich stehe unter Psilly«, sagte sie.

»Psilocybin?« fragte Gunther. »Ich hätte vielleicht Interesse an einem bißchen davon. Haben Sie es angepflanzt oder in Mikrokulturen fabriziert? Ich habe ein paar Kulturen in meinem Zimmer; vielleicht könnte ich mich von einer trennen, wenn Sie bereit wären, eine Lizenz auf die Software zu vergeben?«

Sally Chang schüttelte den Kopf und lachte hilflos. Tränen rannen ihr über die Wangen.

»Na gut, wenn Sie wieder nüchtern sind, können wir darüber reden.« Gunther betrachtete seine Karten. »Das wäre eine großartige Hand für Schach.«

»Niemand spielt Schach«, sagte Hiro verächtlich. »Das ist ein Spiel für Computer.«

Gunther kassierte den Topf mit zwei Paaren. Er mischte, Krishna hob ab, und er begann, die Karten auszuteilen. »Also gut, diese verrückte russische Dame …«

Aus heiterem Himmel fing Chang an zu johlen. Ausbrüche wilden Gelächters warfen sie auf die Hacken zurück, dann warf sie sich wieder nach vorn. Das Entzücken über eine Entdeckung glitzerte in ihren Augen, und sie deutete mit einem starr ausgestreckten Finger auf Gunther. »Du bist ein Roboter!« schrie sie.

»Wie bitte?«

»Du bist nichts anderes als ein Roboter«, wiederholte sie. »Du bist eine Maschine, ein Automat. Sieh dich doch nur mal an! Nichts weiter als Reaktionen auf Stimuli. Du hast überhaupt keinen eigenen Willen. Nicht die Spur davon. Du könntest keine selbständige Handlung durchführen, um dein Leben zu retten.«

»Ach ja?« Gunther blickte sich um und suchte nach einer Eingebung. Ein kleiner Junge – vielleicht Pyotr Nahfees, obwohl es von hier aus schwer zu sagen war – stand am Ufer des Wassers und fütterte die Karpfen mit Krabbenabfällen. »Angenommen, ich würde dich ins Wasser stoßen. Das wäre doch eine selbständige Handlung, oder nicht?«

Lachend schüttelte sie den Kopf. »Typisches Primaten-Verhalten. Eine wahrgenommene Bedrohung wird mit der Zurschaustellung von höhnischer Aggression erwidert.«

Gunther lachte.

»Anschließend, wenn er damit nichts erreicht, macht der Primat einen Rückzieher und geht zur Darstellung von Unterwerfung über. Beschwichtigung. Der Affe demonstriert seine Harmlosigkeit – verstehst du?«

»Hör mal, das ist nun wirklich nicht mehr komisch«, sagte Gunther in warnendem Tonfall. »Genaugenommen ist es ziemlich beleidigend.«

»Und dann nimmt er die Zurschaustellung von Angriffslust wieder auf.«

Gunther seufzte und warf beide Hände hoch. »Wie soll ich denn reagieren? Deiner Einschätzung nach ist alles, was ich sage oder tue, auf jeden Fall falsch.«

»Und wieder Unterwerfung. Vor und zurück, vor und zurück, Aggression und Unterwerfung und das gleiche noch mal von vorn.« Sie vollführte mit dem Arm eine pumpende Bewegung, als wäre er eine Pleuelstange. »Wie eine kleine Maschine – verstehst du? Das Ganze ist ein automatisches Verhalten.«

»He, Kreesh – du bist doch hier der Neurobioso-undso, stimmt's? Leg doch mal bitte ein gutes Wort für mich ein. Befreie mich aus dieser Unterhaltung.«

Krishna wurde rot. Er wich Gunthers Blick aus.

»Miss Chang ist im Zentrum sehr hoch angesehen, mußt du wissen. Alles, was sie übers Denken denkt, ist des Nachdenkens wert.« Die Frau beobachtete ihn begierig, mit glitzernden Augen, kleinen Pupillen. »Ich könnte mir vorstellen, was sie meint, ist folgendes: daß wir nämlich im wesentlichen alle irgendwie durchs Leben schippern. Als ob wir von einem Autopiloten gesteuert wären. Nicht nur du im besonderen, sondern wir alle.« Er warf ihr einen flehentlichen Blick zu. »Habe ich recht?«

»Nein, nein, nein, nein.« Sie schüttelte den Kopf. »Er im besonderen.«

»Ich gebe auf.« Gunther legte die Karten aus der Hand und legte sich auf der Steinplatte zurück, um durch das Glasdach zur verblassenden Erde hinaufzublicken. Als er die Augen schloß, konnte er den aufsteigenden Springer der Ismailowa sehen. Es war eine dürftige Apparatur, kaum mehr als ein Stuhl auf einer Plattform über einem Bündel von vier Flaschen mit Abfall-Treibgas und einem Satz eleganter Beine. Er sah, wie er abhob, als die Explosion erblühte, und anscheinend für kurze Zeit hoch über dem Krater schwebte, wie ein Adler über einer Thermik. Die Hände an die Seiten gelegt, saß die Gestalt in dem roten Anzug da und beobachtete den Vorgang mit einer Ruhe, die unmenschlich wirkte. Im reflektierten Licht leuchtete sie hell wie ein Stern. Auf abstoßende Weise war sie schön.

Sally Chang schlang die Arme um ihre Knie und schaukelte vor und zurück. Sie lachte und lachte.

* * *

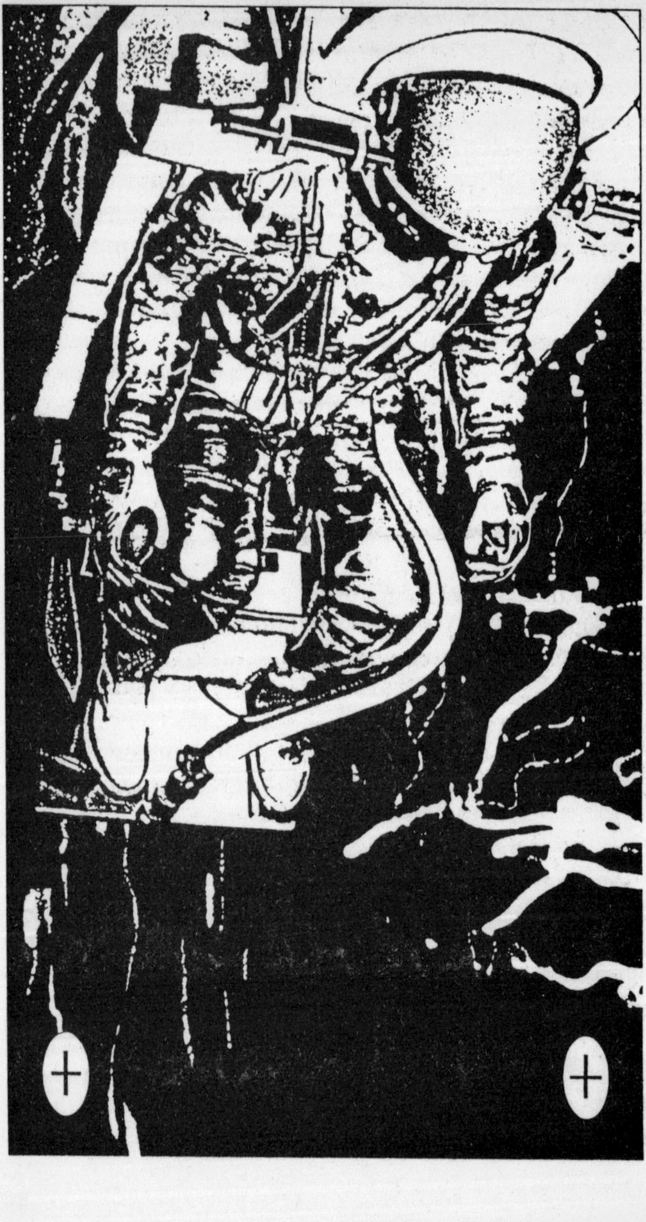

BETH HAMILTON WAR FÜR Telekontakt installiert. Sie klappte eine Linse hoch, als Gunther ihr Büro betrat, unterbrach jedoch nicht die Bewegungen ihrer Arme und Beine. Traumartige kleine Geisterbewegungen, die aufgenommen und in einer Fabrik irgendwo jenseits des Horizonts vergrößert wurden. »Du kommst wieder mal zu spät«, sagte sie ohne besonderen Nachdruck.

Die meisten Leute hätten bei der Bewältigung von zwei verschiedenen Umgebungen zur gleichen Zeit zumindest einen Anflug von Realitätskrankheit verspürt. Beth Hamilton gehörte zu den ganz wenigen, die ihr Bewußtsein auf zwei getrennte Realitäten aufteilen konnte, ohne in einer von beiden Einbußen an Effektivität zu erleiden. »Ich habe dich zu mir kommen lassen, um deine Zukunft bei der Generation Fünf mit dir zu besprechen. Insbesondere, um die Möglichkeit deiner Versetzung zu einer anderen Einrichtung zu erörtern.«

»Du meinst, auf der Erde?«

»Siehst du?« sagte Beth Hamilton. »Du bist gar nicht so dumm, wie du dich selbst immer gern darstellst.« Sie klappte die Linse wieder herunter, stand ganz still da; schließlich hob sie eine in einem metallenen Panzerhandschuh steckende Hand und vollführte mit den Fingern eine Reihe von komplizierten Bewegungen. »Und?«

»Und was?«

»Tokio, Berlin, Buenos Aires – birgt einer dieser Namen einen gewissen Zauber für dich? Oder wie wär's mit Toronto? Wenn du jetzt den richtigen Schachzug unternimmst, könnte das für deine Karriere einen steilen Anstieg nach oben bedeuten.«

»Ich möchte nichts anderes als hierbleiben, meine Arbeit verrichten und mein Gehalt einstreichen«, sagte Gunther vorsichtig. »Ich bin nicht scharf auf eine Beförderung oder eine gewaltige Gehaltserhöhung oder eine

Verschiebung meiner Laufbahn auf ein Nebengleis. Mir gefällt es recht gut an meinem jetzigen Platz.«

»Du hast eine komische Art, das zu zeigen, das muß man dir lassen.« Beth Hamilton drosselte die Energie ihrer Handschuhe und schlüpfte heraus, um die Hände freizubekommen. Sie kratzte sich an der Nase. Auf der einen Seite des Büros stand ihr Arbeitstisch, ein polierter Würfel aus schwarzem Granit. Darauf thronte ihr PeCe, neben etlichen verstreuten Kupferkristallen. Auf ihr Denken hin ließ er die Stimme der Ismailowa in Gunthers Chip ertönen.

»Mit allergrößtem Bedauern muß ich Sie auf das unprofessionelle Betragen einer der Komponenten Ihres Personals aufmerksam machen«, begann sie. Während er sich ihre Beschwerde anhörte, empfand Gunther einen völlig unerwarteten Anflug von Betrübnis sowie – und das in noch stärkerem Maße – von Wut darüber, daß die Ismailowa es gewagt hatte, ihn so kraß zu beurteilen. Er achtete darauf, daß er sich nichts davon anmerken ließ.

»Unverantwortlich, unbeugsam, nachlässig, mit unverbesserlich schlechten Manieren.« Er täuschte ein Grinsen vor. »Sie scheint mich nicht besonders zu mögen.« Beth Hamilton sagte nichts. »Aber das genügt nicht, um …« Er brach ab. »Oder?«

»Normalerweise, Weil, würde es genügen. Ein Demontage-Experte ist keineswegs ›nichts weiter als ein Rädchen im Getriebe‹, wie du es so drollig auszudrücken beliebtest; die Lizenz dazu vergibt die Regierung nicht ohne weiteres. Und es mag dir vielleicht nicht bewußt sein, aber du hast eine sehr schmähliche Leistungsbewertung, um nur eine Sache zu nennen. Großes Potential, aber keine Ausdauer. Offen gesagt, du bist eine Enttäuschung. Doch es erweist sich als glücklicher Umstand für dich, daß diese Dame Ismailowa Don Sakai gedemütigt hat, und er hat uns wissen lassen, daß für uns keine zwingende Veranlassung besteht, es ihr unbedingt recht zu machen.«

»Die Ismailowa hat Sakai gedemütigt?«

Beth Hamilton sah ihn eindringlich an. »Weil, du bist vergeßlich, weißt du das?«

Dann fiel ihm der wortgewaltige Vortrag der Ismailowa über das Thema Nuklearenergie wieder ein. »Stimmt, okay. Jetzt habe ich begriffen.«

»Du hast also die Wahl. Ich kann eine Abmahnung verfassen, die in deine ständige Akte aufgenommen wird, zusammen mit der Beschwerde der Ismaïlowa. Oder du kannst dich auf ein Nebengleis auf der Erde begeben, dann werde ich dafür sorgen, daß diese Kleinigkeiten keinen Eingang ins System der Korporativen Gesellschaft finden.«

Das war keine echte Wahl. Doch er machte gute Miene zum bösen Spiel. »In dem Fall sieht es so aus, als säßest du mit mir in einem Boot.«

»Im Moment, Weil. Im Moment.«

* * *

WÄHREND DER NÄCHSTEN BEIDEN TAGE war er an der Oberfläche unterwegs. Am ersten Tag transportierte er wieder Brennstäbe nach Chatterjee C. Diesmal hielt er sich an die Straße, und der Reaktor bekam seinen Nachschub genau nach Zeitplan. Am zweiten Tag fuhr er die weite Strecke nach Triesnecker, um einige alte Stäbe abzuholen, die für sechs Monate zwischengelagert waren, während die Leute von Kerr-McGee sich darüber stritten, ob sie wiederaufgearbeitet oder entsorgt werden sollten. Das wäre kein schlechtes Geschäft für ihn, denn obwohl der Sonnenfleckenzyklus erst im Abnehmen begriffen war, war eine Oberflächenleitstelle in Betrieb, und er könnte einen Gefahrenzuschlag kassieren.

Als er am Ziel ankam, trat ein Vertreter des technischen Bereichs von irgendeinem Ort in Frankreich über Telekontakt an ihn heran, um ihm zu sagen, daß er das Ganze vergessen könne. Inzwischen hatte eine weitere Verhandlung stattgefunden, und wieder einmal war die Entscheidung verschoben worden. Er machte sich auf den Rückweg nach Bootstrap, mit einer neuen A-cappella-Version der *Dreigroschenoper* im Kopf. Für seinen Geschmack klang sie schrecklich süß und plärrend, doch so was hörte man sich in seiner Heimat an.

Nach fünfzehn Kilometern Fahrt machte der UV-Messer am Armaturenbrett einen gewaltigen Satz.

Gunther streckte die Hand aus, um mit dem Finger gegen das Meßinstrument zu klopfen. Es reagierte nicht. Mit einem frostigen Gefühl im Nacken blickte er hinauf zur Decke der Führerkabine und flüsterte: »O nein!«

»Der Strahlungsvorhersagedienst hat soeben seine Oberflächenwarnung verstärkt und die Gefahrenstufe ›Höchst bedenklich‹ angekündigt«, sagte der Wagen ruhig. »Die Ursache dafür ist eine unvorhergesehene Eruption, deren Sturmausläufer uns jeden Augenblick erreichen werden. Jeder, der sich gegenwärtig auf der Oberfläche aufhält, muß so schnell wie möglich Schutz suchen. Ich wiederhole: Sofort Schutz suchen!«

»Ich befinde mich achtzig Kilometer entfernt von …«

Der Wagen verlangsamte die Fahrt und blieb gleich darauf stehen. »Da dieses Aggregat nicht gehärtet ist, kann eine zufällige Strahlung Fehlfunktionen bei ihm auslösen. Um einen weiterhin sicheren Betrieb dieses Fahrzeugs zu gewährleisten, werden alle Steuereinrichtungen in den Modus manueller Bedienung übergehen, und dieses Aggregat wird von jetzt an schweigen.«

Nach dem Aussetzen der abschirmenden Funktionen des Wagens füllte sich Gunthers Kopf mit einem Durcheinander sich überschneidender Stimmen. Störgeräusche rauschten dazwischen und verballhornten das, was sie versuchten zu sagen, zu purem Unsinn.

FAHREN STUFE HÖCHST BEDENKLI WIEDERHOLE*** HÖR MAL *IER IST BETH * HAT DICH DER HAGEL ERWISCHT *ER WARNDIENST *** SOEBEN DURCHGEGEBEN *** WIR SCHON EIN PAAR TYPEN VERLOREN *** SOFORT DECKUNG SUCHEN ***** MIKO SABRA ALLE AGGREGATE AN DER **ERFLÄCHE *** VERDAMMTER KERL ***** WERKER **** SOFORT SCHUTZMASSNAHMEN **** HÖRST DU MICH *** *OFORT UNTER DIE OBERFLÄCHE **FORT DECKUNG ****STE STUFE ** KEINE *IDERREDE * ICH WILL NICHTS HÖREN *** AUSGESETZT **** ZWANZIG MINUTEN ******** **RÜCK NACH BOOTSTRAP *** ZWEI SIND GEBLIEBEN *** WIEDERHOLE GEFAHRENSTUFE *** DU WIRST GEBRATEN ***** LICHTER *** WER IST NOCH DA ***** *WANZIG MINUTEN ****** NOCH JEMAND DA ** SOFORT ***UTZ SUCHEN *** ALLE STIMME VOM BAND ***** WEISS JEMAND WO MICHAIL IST **** STRAHLUNG ** BLITZE ***** DU WITZBO** KOMM JETZT MISHA ****** VORHERSAGE-DIENST NICHT **** WEISSKOPF AG IST EINE **** NISS** UNERWARTETE FLARES** UND MOND ****** STÖRUNG ** STIMME ***** HÖRST ********** WIR **** OBERFLÄCHENLEITSTELLE *** HÖCHSTE STUFE ** WEIL *** ANTWORTE ******** DU MUSST *** GIBT EINE FABRI* DRÜBEN IN CHLADN**

»Beth! Der nächste Schutzraum ist in Weißkopf, das bereits hinter mir liegt – und bis dorthin wäre es eine halbstündige Fahrt bei höchster Geschwindigkeit; die Leitstelle hier gibt mir aber nur noch zwanzig Minuten Zeit. Sag mir, was ich tun soll!«

Doch die erste Ladung fester Teilchen hagelte mit solcher Wucht herab, daß er nichts mehr wahrnahm. Eine Hand, offensichtlich seine, schwebte nach vorn und legte das Relais der Sprechanlage um. Die Stimmen in seinem Kopf erstarben.

Die krachenden Störgeräusche nahmen kein Ende. Der Wagen stand still, eine halbe Stunde von Nirgendwo entfernt, während der unsichtbare Tod knisternd und polternd auf das Dach der Führerkabine herabprasselte. Er legte Helm und Handschuhe an, prüfte zweimal ihre Verschlüsse und entriegelte die Tür.

Sie flog mit Schwung auf. Seiten aus dem Betriebshandbuch flatterten davon, und ein Handschuh trudelte fröhlich über die Oberfläche und jagte den rosafarbenen Glückswürfel vor sich her, den ihm Eurydike damals in jener letzten Nacht in Schweden geschenkt hatte. Eine Handvoll Vierkornplätzchen, die sich in einer offenen Dose auf der Ablage des Armaturenbrettes befanden, zerfielen zu Pulver und verschwanden gleich darauf, wobei sie die Dose mit sich zogen. Durch eine Explosion ausgelöste Dekompression. Er hatte vergessen, den Druckausgleich zu betätigen. Gunther erstarrte vor Schauder und Staunen darüber, daß er einen so grundsätzlichen – so katastrophalen – Fehler begangen hatte.

Dann war er auf der Oberfläche, den Kopf nach hinten geneigt, und starrte zur Sonne hinauf. Dort tobten Sonnenflecken und eine gewaltige unvorhergesehene Sonnenfackel.

Ich werde sterben, dachte er.

Während eines langen, lähmenden Augenblicks schmeckte er die eiskalte Gewißheit dieses Gedankens. Sein Tod stand bevor. Er wußte, daß das eine Tatsache war, wußte es so bestimmt, wie er noch nie etwas gewußt hatte.

In Gedanken sah er den TOD über die Mondebene auf ihn zuschweben. Der TOD war eine kahle Wand, ohne Gesicht, die sich unendlich nach allen Richtungen ausdehnte. Er spaltete das Universum in zwei Hälften. Auf dieser Seite waren das Leben, die Wärme, Krater

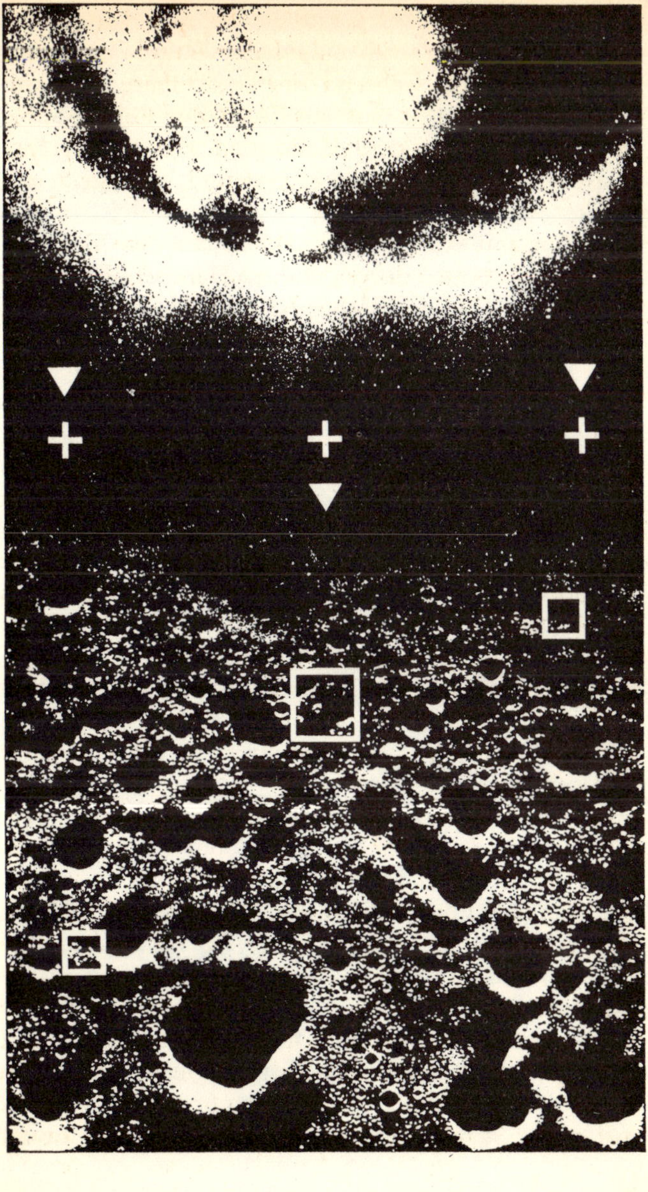

und Blumen, Träume, Grubenroboter, Gedanken, alles, was Gunther kannte oder sich vorstellen konnte. Auf der anderen Seite ... Etwas? Nichts? Die Wand gab keinen Aufschluß. Sie war unergründlich, rätselhaft, absolut. Doch sie bedrückte ihn. Sie war jetzt so nah, daß er sie fast hätte berühren können, wenn er die Hand ausstreckte. Bald wäre sie hier. Er würde durch sie hindurchgehen, und dann wüßte er Bescheid.

Mit einem ruckartigen Aufbäumen seines Willens riß er sich von diesem Gedanken los und hievte sich aus der Führerkabine. Er kletterte seitlich daran hoch. Während sein Mentalkom-Chip zischte, knatterte und krachte, packte er die Magnetgurte, die Siegfried an seinem Platz hielten, grapschte die Spule und das Fernbedienungsteil und sprang über den Rand hinunter.

Er kam schwankend am Boden auf, fiel auf die Knie und rollte unter den Anhänger. Es war genügend Abschirmmaterial um die Brennstäbe herumgewickelt, um jedes Maß an harter Strahlung abzuhalten – gleichgültig, aus welcher Quelle sie stammen mochte.

Es würde ihn sowohl vor der Sonne als auch vor der Fracht schützen. Der Mentalkom-Chip verstummte, und er spürte, wie seine Kiefer sich aus einer verkrampften Spannung lösten.

Gerettet.

Es war dunkel unter dem Anhänger, und er hatte Zeit zum Überlegen. Selbst wenn er sein Beatmungsgerät bis zum äußersten aufpumpen und alle Instrumente an der gesamten Außenfläche seines Anzugs ausschalten würde, hätte er nicht genügend Sauerstoff, um den Sturm zu überdauern. Das stand fest. Also mußte er sich irgendeinen Schutzraum suchen. Weißkopf war am nächsten, nur fünfzehn Kilometer weit entfernt, und dort gab es einen Bunker in der G5-Montagehalle. Das müßte sein Ziel sein.

Nur nach dem Gefühl arbeitend, fand er die Stützstreben aus Stahl und benutzte Siegfrieds Magnetgurte, um sich an die Unterseite des Anhängers zu schnallen. Es war eine schwierige Arbeit, die er ungeschickt erledigte, doch schließlich hing er mit dem Gesicht nach unten über der Straße. Er tastete nach den Bedienungshebeln des mobilen Automaten und richtete Siegfried auf. Zwölf qualvolle Minuten später gelang es ihm endlich, Siegfried unversehrt vom Dach herunterzuholen. Der Innenraum war nicht dafür vorgesehen, etwas auch nur halb so Großes zu beherbergen. Um den Automaten hineinzubekommen, mußte er zunächst die Tür herausschneiden und dann den Sitz aus der Kabine reißen. Nachdem er beide Gegenstände am Straßenrand abgelegt hatte, quetschte er Siegfried hinein. Der weiche Automat knickte zweimal ein, konfigurierte sich neu, konfigurierte sich noch einmal und schaffte es schließlich, sich dem Raum anzupassen. Sanft, gefühlvoll griff Siegfried nach den Hebeln und legte den ersten Gang ein.

Mit einem Rumpeln setzte sich der Wagen in Bewegung.

Es war die reinste Höllenfahrt. Der Wagen, der an sich schon nicht der schnellste war, wälzte sich die Straße hinunter wie ein gußeisernes Schwein. Siegfrieds Optik war über die Hebel gebeugt und konnte nicht angehoben werden, ohne daß die Hände des Automaten sich losrissen. Er konnte nicht nach vorn sehen, ohne zuvor den Wagen anzuhalten.

Er steuerte, indem er die Straße, die unter ihm vorbeizog, beobachtete. Mit Hilfe der Markierungen, die sich am Straßenrand aneinanderreihten, konnte er den Wagen mehr recht als schlecht auf der Spur halten. Jedesmal, wenn er auf Abwege geriet, betätigte er Siegfrieds Hebel, um den Wagen wieder in die richtige Bahn zu lenken, so daß er langsam von einer Seite zur anderen schwenkte und im Zickzackkurs über die Straße schlich.

Schatten bäumten sich auf und neigten sich, und die Straße floß mit gefährlicher Eintönigkeit auf Gunther zu. Er wackelte und zitterte in seiner notdürftigen Halterung. Nach einiger Zeit schmerzte sein Genick wegen der Anstrengung, den Kopf andauernd nach hinten zu halten, um zu beobachten, wie die flimmernde Straße unter der Vorderachse im Schatten verschwand, und seine Augen brannten von der schleichenden Wiederholung dessen, was sie sahen.

Der Wagen wirbelte beim Fahren Staub auf, und die kleineren Teilchen waren ausreichend aufgeladen, um an seinem Anzug zu haften. In unregelmäßigen Abständen wischte er mit dem Handschuh den feinen grauen Film von seinem Visier und verschmierte ihn zu langen, dünnen Streifen.

Allmählich sah er Trugbilder. Es waren harmlose Halluzinationen, längliche Flecken farbigen Lichts, die in sein Blickfeld waberten und wieder vergingen, wenn er den Kopf schüttelte und die Augen einen Moment lang fest schloß und sich konzentrierte. Doch jeder Augenblick der Erleichterung vom Druck des Sehens führte ihn in Versuchung, die Augen länger geschlossen zu halten, und diese Wohltat konnte er sich nicht leisten.

Das erinnerte ihn daran, wie er seine Mutter zum letztenmal gesehen und was sie zu ihm gesagt hatte. Daß nämlich das Schlimmste am Witwendasein wäre, daß ihr Leben jeden Tag von neuem begänne, nicht besser als am Tag davor, immer noch mit dem unverminderten Schmerz über die unabänderliche Tatsache der physischen Abwesenheit ihres Mannes, deren Bewältigung sie keinen Schritt nähergekommen war. Es war nicht anders, als ob man gestorben wäre, sagte sie, insofern, als sich niemals etwas änderte.

Ach Gott, dachte er, was ich hier tue, ist den Aufwand nicht wert. Dann rollte ein Stein von der Größe seines Kopfes hüpfend auf seinen Helm zu. Aufgeregte

Hände rissen an den Hebeln herum, und Siegfried brachte den Wagen in ein wildes Schlingern, so daß der Stein weghüpfte und ihn nicht traf. Damit war dieser Gedankengang zumindest am Ende.

Er schaltete seinen PeCe ein. ›Saint James' Infirmary‹ lief gerade. Das machte die Sache auch nicht besser.

Los jetzt, du Mistkerl! dachte er. Du schaffst es. Arme und Schultern taten ihm weh und der Rücken ebenfalls, wenn er es sich recht überlegte. Perverserweise war ihm ein Bein eingeschlafen. In dem Winkel, in dem er den Kopf halten mußte, um die Straße im Blick zu haben, neigte sein Mund zum Aufklaffen. Nach einiger Zeit machte ihn eine kleine schwabbelnde Bewegung darauf aufmerksam, daß sich eine kleine Spuckepfütze in der Kerbe seiner Gesichtsplatte gebildet hatte. Er sabberte. Er schloß den Mund, schluckte den Speichel hinunter und starrte nach vorn. Eine Minute später merkte er, daß er es wieder tat.

Langsam, traurig fuhr er in Richtung Weißkopf.

* * *

DIE G5-ANLAGE WEISSKOPF war für ihre Sorte typisch: eine weiße Blasenkuppel, um die Temperaturschwankungen während des langen Mondtags zu mäßigen, ein hoch aufragender Turm mit Mikrowellen-Relais als Aufsichtseinrichtung und einhundert halbautonome Einheiten, um die Arbeit zu verrichten.

Gunther schoß über die Zugangsstraße hinaus, steuerte zurück zu ihr und lenkte den Wagen direkt seitlich an die Fabrik. Er veranlaßte Siegfried, den Motor auszuschalten, und ließ danach das Fernbedienungsteil zu Boden fallen. Mehr als eine Minute lang hing er einfach so da, mit geschlossenen Augen, und genoß das Ende der Rüttelfahrt. Dann strampelte er sich aus den Gurten frei und kroch unter dem Anhänger hervor.

Während Störgeräusche im Innern seines Kopfes knackten und knisterten, stolperte er in die Fabrik.

In dem stillen Licht, das durch die Deckenkuppel hereinfiel, war die Fabrik düster wie eine Unterwasserhöhle. Das Licht seines Helms schien ebenso zu verzerren wie zu erhellen. Maschinen ragten undeutlich im Zentrum seines Scheins auf, vergrößert wie durch eine Fischaugenlinse betrachtet. Er schaltete es aus und wartete, bis seine Augen sich angepaßt hatten.

Nach einer Weile konnte er die Werker sehen, schlank wie Geister, mit unirdisch anmutigen Bewegungen. Die chromosphärische Eruption hatte sie aktiviert. Sie schwankten wie Schilfgras, nicht ganz im Gleichtakt. Arme hoben sich; sie tanzten im Rhythmus einer zufälligen Eingabe.

Auf den Montagebändern lagen die Reste von halbfertigen Robotern, die wie gehäutet und ausgeweidet aussahen. Ihr kunstvolles Gewirk von kupfernen und silbernen Nerven war dem Blick ausgesetzt, und es war willkürlich an ihnen herumgepfuscht worden. Ein langer Arm stieß nach unten, mit elektrischen Funken in den Spitzen, und ließ einen Metalltorso zucken.

Es waren blinde Maschinen, die meisten von ihnen, mächtige Automaten, auf Montagebahnen in entsprechender Reihenfolge an den Boden genietet. Doch es gab auch bewegliche Mechanismen, Aufseher und Alleskönner, die trunken und mit sonnenirren Augen durch die Fabrik torkelten.

Eine plötzliche Bewegung ließ Gunther gerade noch rechtzeitig herumwirbeln, so daß er sah, wie ein metallener Rammbolzen auf ihn zusauste, ein gewaltig starker Arm herabknallte und ein Loch in den Boden neben seinen Füßen schlug. Er spürte die Erschütterung durch die Fußsohlen.

Er machte ein paar tänzelnde Schritte zurück. Die Maschine folgte ihm, wobei der diamantenbesetzte

Rammbolzen nervös aus seiner Umhüllung herausglitt und sich wieder zurückzog und seine Bewegungen so zitternd und zierlich waren wie die eines neugeborenen Fohlen.

»Sachte, Baby«, flüsterte Gunther. Am anderen Ende der Fabrik deuteten grüne Pfeile, als Supergraffiti auf der Kraterwand angebracht, zu einer Eisentür. Der Bunker. Gunther wich dem Rammbolzen aus, indem er sich in den Versorgungsgang zwischen den beiden Maschinenreihen zwängte, die wie Gras im Wind wogten. Der Rammbolzen schob sich auf seiner Walze nach vorn. Dann hielt er inne, verwirrt durch dieses Bewegungsfeld, und betrachtete zögernd die Reihen der Roboter. Gunther erstarrte.

Endlich wandte sich der metallene Rammbolzen langsam, schwerfällig ab.

Gunther rannte los. Statisches Knistern dröhnte in seinem Kopf. Graue Schatten schwammen zwischen den entfernten Maschinen wie Haie, kamen manchmal näher, zogen sich manchmal zurück. Die Störgeräusche wurden lauter. Auf dem gesamten Gelände der Fabrik blitzten Schweißfunken an den Spitzen von Werkern auf, winzigen Sternen gleich. Geduckt, rennend und sich nach allen Seiten drehend erreichte er schließlich den Bunker und streckte die Hand nach der Tür mit der Luftschleuse aus. Selbst durch den Handschuh fühlte sich der Knauf kalt an.

Er drehte ihn um.

Die Luftschleuse war klein und rund. Er quetschte sich durch die Tür und paßte sich dem Innenraum an, indem er sich so klein wie möglich machte. Er knallte die Tür zu.

Dunkelheit.

Er schaltete die Lampe seines Helms wieder an. Der reflektierte Schein stach ihm in die Augen, viel zu grell für einen derartig begrenzten Bereich. Mit bis zum Kinn angewinkelten Knien, um sich der Rundung der geschlossenen Schleuse anzupassen, empfand er eine eigentümliche Kameradschaft mit Siegfried, der im Wagen zurückgeblieben war.

Der innere Schließmechanismus war die Einfachheit schlechthin. Die Scharniere der Tür gingen nach innen, so daß der Luftdruck sie geschlossen hielt. Es gab einen Reißriegel, der, wenn er gezogen wurde, Sauerstoff in die Luftschleuse einließ. Wenn der Druck ausgeglichen war, ließ sich die innere Tür leicht öffnen. Er riß an dem Riegel.

Der Boden erbebte, als etwas Schweres auf ihn einwirkte.

* * *

DER BUNKER WAR KLEIN, gerade groß genug, daß ein Feldbett, eine chemische Toilette und ein Beatmungsgerät mit Ersatzsauerstofftanks darin Platz hatten. Ein einziges an der Decke angebrachtes Gerät lieferte Licht und Wärme. Als Komfortausstattung gab es eine Decke. Zur Unterhaltung lagen Taschenbuchausgaben der Bibel und des Korans herum, an diesem Ort zur Verfügung gestellt von unglaublich weit entfernten missionarischen Gesellschaften. Selbst unbewohnt war der Bunker sehr eng.

Er war nicht unbewohnt.

Eine Frau, die die Stirn runzelte und schützend eine Hand hochhielt, blinzelte in die Lampe seines Helms. »Schalten Sie das Ding aus«, sagte sie.

Er gehorchte. In der anschließenden sanften Beleuchtung sah er: den Stoppelschnitt der lichtweißen Haare, durch die an den Seiten rosafarbene Kopfhaut schimmerte; hohe Wangenknochen; ein kunstvoll aufgetragener, leicht nach oben gezogener Lidschatten, durch den die Lider wie Flügel wirkten; dunkle, volle Lippen. Er konnte nicht umhin, die Charakterstärke zu bewundern, derer es bedurfte, um ein Gesicht so sorgfältig zu schminken, nur um es dann unter einem Helm zu verbergen. Dann sah er ihren roten und orangefarbenen Wolga-Studio-Anzug.

Es war die Ismailowa.

Um seine Verlegenheit zu überspielen, nahm er sich viel Zeit beim Ablegen der Handschuhe und des Helms. Die Ismailowa nahm ihren Helm vom Feldbett, um Platz zu machen, und er setzte sich neben sie. Er streckte die Hand aus und sagte steif: »Wir sind uns schon mal begegnet. Ich heiße ...«

»Ich weiß, wie Sie heißen. Es steht auf Ihrem Anzug.«

»Ach so, ja richtig.«

Während einer unbehaglich langen Zeit sprach keiner von beiden. Endlich räusperte sich die Ismailowa und sagte schroff: »Das ist lächerlich. Es besteht keine Veranlassung, daß wir ...«

PENG.

Ihre Köpfe fuhren gleichzeitig herum in Richtung Tür. Der Ton war durchdringend laut und metallisch. Gunther stülpte sich hastig den Helm wieder auf den Kopf, packte seine Handschuhe. Die Ismailowa, die ebenfalls ihren Anzug vervollständigte, so schnell sie konnte, äußerte stimmlos über ihren Mentalkom-Chip: »Was ist das?«

Während er systematisch eine Schnalle nach der anderen an seinen Handgelenken schloß, sagte Gunther: »Ich glaube, es handelt sich um einen metallenen Rammbolzen.« Dann wiederholte er die Worte über den Chip, weil der Helm seine Sprache zu einem unverständlichen Nuscheln verzerrte.

PENG.

Bei diesem zweiten Mal hatten sie den Knall erwartet. Jetzt konnte es keinen Zweifel mehr geben. Etwas versuchte, die äußere Luftschleusentür aufzubrechen.

»Ein was?«

»Es könnte eine Art Hammer sein, oder ein Schmiedewerkzeug. Wir können dankbar sein, daß es kein Lasergerät ist.« Er hielt die Hände hoch. »Unterziehen Sie mich bitte einem Sicherheitscheck.«

Sie drehte seine Gelenke in die eine Richtung und dann in die andere, nahm seinen Helm zwischen die Hände und drehte ihn ebenfalls, um seinen Verschluß zu prüfen. »In Ordnung.« Sie hielt ebenfalls die Hände hoch. »Aber was hat das Ding vor?«

Ihre Handschuhe waren perfekt geschlossen. Einer der Klammerhaken des Helms hatte ein wenig Spiel, aber nicht genug, um eine undichte Stelle zu ergeben. Er zuckte die Achseln. »Es hat eine Störung – es könnte alles mögliche vorhaben. Vielleicht versucht es sogar, ein schwaches Türscharnier zu reparieren.«

PENG.

»Es versucht, hier einzudringen!«

»Das ist auch eine Möglichkeit, ja.«

Die Ismailowa hob die Stimme um eine Spur. »Aber selbst wenn es durchgedreht ist, kann es doch unmöglich irgendwelche Programme in seinem Speicher haben, die es zu so etwas veranlassen. Wie kann eine zufällige Eingabe dazu führen, daß es so handelt?«

»Es funktioniert nicht auf diese Weise. Sie denken an die Art von Robotern, die es gab, als Sie noch ein Kind waren. Diese Aggregate sind der letzte Schrei: sie setzen keine Anweisungen um, sie setzen Ideen um. Verstehen Sie, dadurch sind sie flexibler. Man braucht ihnen nicht jeden einzelnen Schritt einzugeben, wenn man möchte, daß einer etwas ganz Neues tut. Man gibt ihnen nur das Ziel ein …«

PENG.

»… wie zum Beispiel ›Demontage eines Rotationsbohrers‹. Es verfügt über einen Fundus aller möglichen Fähigkeiten, wie Schneiden und Nietenziehen und Verformen von Masse, die es dann in verschiedenen Konfigurationen miteinander verbindet, bis es den Pfad hergestellt hat, der es zum Ziel bringt.« Er sprach jetzt nur noch um des Sprechens willen, es sollte ihn davon abhalten, in Panik zu geraten. »Und das funktioniert normalerweise hervorragend. Doch wenn so ein Ding eine Störung hat, dann spielt sich diese ebenfalls auf dieser Ebene ab. Verstehen Sie? Das bedeutet ...«

»Das bedeutet, daß er selbst entscheidet, welche Rotationsbohrer zu demontieren sind.«

»Ähm ... ja.«

PENG.

»Was sollen wir also tun, wenn er hereinkommt?« Sie hatten sich unwillkürlich beide erhoben und standen jetzt in Richtung Tür gewandt da. Der Raum war sehr begrenzt, und sie füllten ihn fast völlig aus. Gunther war sich deutlich der Tatsache bewußt, daß es weder Platz zum Kämpfen noch zum Fliehen gab.

»Ich weiß nicht, wie Sie sich verhalten werden«, sagte er, »aber ich werde dem Kerl mit der Toilettenschüssel eins über den Schädel ziehen.«

Sie drehte sich zu ihm um.

PE ... Der Knall wurde durch eine puffende, zischende Explosion unterbrachen. Plötzlich herrschte absolute Stille. »Er hat die äußere Tür durchdrungen«, bemerkte Gunther schwach.

Sie warteten.

Nach einer ganzen Weile fragte die Ismailowa: »Ist es möglich, daß er weggegangen ist?«

»Das weiß ich nicht.« Gunther löste die Klammern seines Helms, kniete sich hin und legte ein Ohr an den Boden. Der Stein war so kalt, daß es fast weh tat. »Vielleicht ist er bei der Explosion beschädigt worden.« Er konnte das schwache Vibrieren der Werker und das Dröhnen schwererer Maschinen hören, die über den Fabrikboden rumpelten. Nichts davon hörte sich an, als ob es in der Nähe wäre.

Lautlos zählte er bis hundert. Nichts. Er zählte noch einmal bis hundert.

Endlich richtete er sich auf. »Er ist weg.«

Sie setzten sich beide wieder. Die Ismailowa nahm ihren Helm ab, und Gunther machte sich ungeschickt daran, seine Handschuhe zu lösen. Er hantierte an den Schnallen herum. »Sehen Sie sich das mal an!« Er lachte kläglich. »Ich habe zwei linke Hände. Ich komme nicht einmal mit diesen Dingern zurecht, so nervös bin ich.«

»Lassen Sie mich Ihnen dabei helfen.« Die Ismailowa klappte die Schnallen auf und zog an einem Handschuh. Er löste sich. »Wo ist Ihre andere Hand?«

Dann geschah es irgendwie, daß sie jeweils den anderen aus dem Anzug befreiten, an Schnallen zogen und Verschlüsse öffneten. Sie begannen langsam, wurden jedoch bei jeder gelösten Schnalle geschwinder, bis sie mit aufgeregter Hast aneinander herumzupften und -zerrten. Gunther öffnete den vorderen Verschluß am Anzug der Ismailowa, und ein rotes Seidenspitzenhemd kam zum Vorschein. Er fuhr mit der Hand darunter und schob den Stoff über die Brüste hoch. Ihre Brustwarzen waren aufgerichtet. Er legte die Hände auf ihre Brüste und drückte.

Die Ismailowa gab einen dunklen, stöhnenden Laut aus tiefster Kehle von sich. Sie hatte Gunthers Anzug geöffnet. Jetzt schob sie seine Leggings hinunter und fuhr mit der Hand hinein, um sein Glied zu umfassen. Er war bereits erigiert. Sie holte es heraus und schob Gunther ungeduldig zum Feldbett. Dann kniete sie sich über ihn und führte ihn, während er in sie hineinglitt.

Ihr Mund legte sich auf seinen, warm und feucht.

Noch halb in den Anzügen, halb entkleidet, liebten sie sich. Gunther gelang es, einen Arm freizubekommen, und schob ihn in den Anzug der Ismailowa, um mit der Hand über ihren langen Rücken und den Hinterkopf zu streichen. Die kurzen Härchen ihres Stoppelschnitts stachen und kitzelten ihn in der Handfläche.

Sie ritt ihn kräftig, ihre Haut glitschte schweißnaß über seine. »Kommst du schon?« flüsterte sie. »Kommst du schon? Sag mir, wenn du kurz davor bist zu kommen.« Sie biß ihm in die Schulter, in die Seite des Halses, ins Kinn, in die Unterlippe. Ihre Fingernägel bohrten sich in sein Fleisch.

»Jetzt«, murmelte er. Vielleicht hatte er es auch nur stimmlos geäußert, und sie empfing es über ihren Mentalkom-Chip. Jedenfalls umklammerte sie ihn noch fester als zuvor, als ob sie versuchte, ihm die Rippen zu brechen, und ihr ganzer Körper bebte im Orgasmus. Dann kam er ebenfalls und stieß noch so lange weiter, bis ihre Leidenschaft die Spirale von Raserei, Ekstase und Entspannung durchlaufen hatte.

Es war besser, als er es jemals erlebt hatte.

Anschließend strampelten sie sich vollends aus ihren Anzügen heraus. Sie schoben und schaufelten das ganze Zeug vom Feldbett. Gunther zog die Decke unter ihnen hervor, und mit Hilfe der Ismailowa wickelte er sie um sie beide herum. Sie lagen eng umschlungen da, entspannt, stumm.

Er lauschte eine Zeitlang ihrem Atem. Es war ein sanftes Geräusch. Als sie ihm das Gesicht zuwandte, spürte er ein warmes kleines Kitzeln in der Halskuhle. Ihr Duft durchdrang den Raum. Diese Fremde neben ihm!

Gunther fühlte sich erschöpft, warm und wohlig. »Wie lang bist du schon hier?« fragte er. »Ich meine nicht hier im Bunker, sondern ...«

»Seit fünf Tagen.«

»Nicht länger?« Er lächelte. »Willkommen auf dem Mond, Miss Ismailowa.«

»Ekatarina«, sagte sie schläfrig. »Nenn mich Ekatarina.«

* * *

JUBELND SCHWEBTEN SIE HOCH und nach Süden, über Herschel. Die Straße nach Ptolemäus schlängelte sich auf und ab unter ihnen, verlief in Windungen außer Sicht und erschien immer wieder. »Das ist großartig!« krähte Hiro. »Das ist … ich hätte dich schon vor Jahren dazu überreden sollen, mich mal mitzunehmen.«

Gunther überprüfte die Richtungsinstrumente und drosselte die Geschwindigkeit, nach Osten absinkend. Die anderen beiden Springer, die an seine Geräte angekoppelt waren, folgten ihm in dicht geschlossener Formation. Zwei Tage waren seit dem Sonnensturm vergangen, und Gunther, der immer noch zwangsweise beurlaubt war, hatte versprochen, seine Freunde ins Hochland zu führen, sobald die Oberflächenleitstelle außer Betrieb war. »Wir sind jetzt bald dort. Du tätest gut daran, deine Sicherheitsausrüstung noch mal gründlich zu überprüfen. Alles in Ordnung mit dir da hinten, Krish?«

»Ich hab's ganz gemütlich, ja.«

Bald darauf gingen sie auf dem Landepolster der Seething Bay Company nieder.

Hiro landete als zweiter und war der erste, dessen Füße den Boden berührten. Er hopste herum wie ein von seiner Leine befreiter Collie, jagte den Hang hinauf und herunter auf der Suche nach neuen günstigen Aussichtspunkten, »Ich kann es gar nicht glauben, daß ich hier bin! Ich bearbeite diese Strecke jeden Tag, aber wißt ihr was? Es ist das erste Mal, daß ich wirklich hier draußen bin. Physisch, meine ich.«

»Paß auf, wo du hintrittst!« warnte Gunther ihn. »Das ist etwas anderes als Telepräsenz – wenn du dir ein Bein brichst, dann haben Krishna und ich die Last, dich wegzutragen.«

»Ich vertraue dir. Mensch, ein Kerl, der unterwegs von einem Sonnensturm überrascht wird; alle denken, er ist hops; und er geht hin und vögelt mit einer …«

»He, halt deine Zunge im Zaum, ja?«

»Alle haben die Geschichte gehört. Ich meine, wir alle dachten, du warst tot, und dann fand man euch beide *schlafend*. Man wird noch in hundert Jahren darüber reden.« Hiro erstickte fast an seinem Lachen. »Du bist zu einer Legende geworden.«

»Jetzt hör doch mal endlich auf damit.« Um das Thema zu wechseln, sagte Gunther: »Ich kann nicht glauben, daß du von diesem Saustall ein Foto machen willst.« Seething Bay war ein Bergwerk mit Tagebau. Bulldozerroboter schaufelten den Lockerboden hoch und füllten ihn in eine Verarbeitungsanlage, die auf gewaltigen Kufen ruhte.

Man förderte hier Thorium, und die Ausbeute war so gering, daß sie per Springer zum Brutreaktor transportiert werden konnte. Es bestand kein Bedarf für eine Schienenschleuder, und die Abfälle waren in unmittelbarer Nähe der Fabrik zu künstlichen Bergen aufgeschüttet.

»Sei doch nicht albern.« Hiro schwenkte den ausgestreckten Arm nach Süden, in Richtung Ptolemäus. »Da!« Die Kraterwand fing die Sonne ein, während die tiefergelegenen Teile der Landschaft ringsum noch im Schatten lagen. Die sanften Hänge ragten scheinbar steil auf; der Krater selbst glich einer Kathedrale in blendendem Weiß.

»Wo ist deine Kamera?« fragte Krishna.

»Ich brauche keine. Ich gebe die Daten einfach in meinen Helm ein.«

»Ich blicke hinsichtlich eures Mosaikprojektes nicht ganz durch«, sagte Gunther. »Erklär mir doch bitte noch mal, wie es funktionieren soll.«

»Anya hatte die Idee. Sie mietet einen Werker, damit er sechseckige Bodenfliesen in Schwarz, Weiß und vierzehn Zwischenstufen von Grau zuschneidet. Ich liefere die Vorlagen. Wir wählen diejenigen aus, die uns am besten gefallen, scannen sie in Schwarzweiß, rastern das Bild in unterschiedlicher Dichte, und dann lassen wir von dem Werker den Boden legen, eine Fliese per Pixel. Es wird toll aussehen – morgen kannst du kommen und es dir ansehen.«

»Ja, das werde ich tun.«

Hüpfend wie ein Eichhörnchen, führte Hiro sie vom Rand des Bergwerks weg. Sie wandten sich nach Westen, überquerten den Hang.

Krishnas Stimme kam über Gunthers Mentalkom-Chip. Das war ein alter Trick der Bodenratten. Der Chip hatte einen wirkungsvollen Senderadius von fünfzehn Metern – und man konnte das Funkgerät ausschalten und sich von Chip zu Chip unterhalten, wenn man nah genug beieinander war. »Du hörst dich an, als ob du Kummer hättest, mein Freund.«

Er lauschte auf das Rauschen, das einen zweiten Mithörer verraten hätte, hörte jedoch nichts. Hiro befand sich außer Reichweite. »Es geht um die Ismailowa. Irgendwie …«

»Hast du dich in sie verliebt?«

»Woher weißt du das?«

Sie waren über den Hang ausgeschwärmt, Hiro vorneweg. Eine Zeitlang sprach keiner. Dieses gemeinsame Schweigen hatte etwas Beruhigendes, Vertrauensvolles, wie die anonyme Stille eines Beichtstuhls. »Bitte fasse es nicht falsch auf«, sagte Krishna.

»Was soll ich nicht falsch auffassen?«

»Gunther, man nehme zwei sexuell kompatible Personen, bringe sie in große Nähe zueinander, isoliere sie von der übrigen Welt und jage ihnen eine Heidenangst ein, dann werden sie sich auf jeden Fall ineinander verlieben. Das ist ein Naturgesetz. Ein Überlebensmechanismus, etwas, das dir lange vor deiner Geburt in dein Basissystem eingetrichtet worden ist. Wenn die Programmierung einer milliardenjährigen Evolution dir sagt, daß Paarungszeit ist, dann hat dein Gehirn kaum eine andere Wahl, als zu gehorchen.«

»He, kommt mal hier herüber!« schrie Hiro über die Sprechanlage. »Das müßt ihr sehen!«

»Wir kommen«, sagte Gunther. Dann fuhr er über Chip fort: »Du stellst mich wie eine von Sally Changs Maschinen dar.«

»In gewisser Weise *sind* wir Maschinen, das ist nicht schlimm. Wir empfinden Durst, wenn wir Wasser brauchen, unser Puls pumpt Adrenalin durch unsere Adern, wenn wir einen Extraschub aggressiver Energie brauchen. Wir können nicht gegen unsere eigene Natur ankämpfen. Welchen Sinn hätte das?«

»Schon, aber ...«

»Ist das denn nicht phantastisch, sagt mal?« Hiro kraxelte über ein Steinfeld. »Es geht endlos weiter. Und seht mal, da droben!« Weiter oben am Hang sahen sie, daß das, worüber sie kletterten, der Auswurf einer schmalen Spalte war, die vollkommen mit Steinen gefüllt war. Es waren gewaltige Brocken, so groß wie Springer, einige sogar so riesig wie Fertigbau-Sauerstoffschuppen. »He, Krishna, ich wollte dich fragen – was machst du eigentlich genau da draußen im Zentrum?«

»Darüber darf ich nicht sprechen.«

»Ach, kommt jetzt doch endlich!« Hiro hob sich einen Stein von der Größe seines Kopfes auf die Schulter und stieß ihn weg, wie ein Kugelstoßer. Der Stein schwebte langsam davon und landete ein beträchtliches Stück weiter unten am Hang, wo er eine weiße Staubexplosion auslöste. »Du bist hier unter Freunden. Du kannst uns vertrauen.«

Krishna schüttelte den Kopf. Die Sonne spiegelte sich blitzend in seinem Visier. »Du weißt nicht, was du von mir verlangst.«

Hiro wuchtete einen weiteren Stein hoch, der noch

größer war als der erste. Gunther kannte diese Stimmung an ihm, wenn er ein hinterhältiges Gesicht machte und grinste. »Ganz meine Meinung. Wir beide haben keinen blassen Schimmer von Neurobiologie. Du könntest die nächsten zehn Stunden damit zubringen, uns Vorträge zu halten, und wir würden nicht einmal genügend aufschnappen, um auch nur das geringste Sicherheitsrisiko darzustellen.« Wieder ein gewaltiges Staubgestöber.

»Du verstehst nicht. Das Zentrum für Selbstreproduktions-Technologie wurde aus einem ganz bestimmten Grund hier eingerichtet. Die Laborarbeit könnte auf der Erde für einen Bruchteil dessen verrichtet werden, was eine entsprechende Einrichtung auf dem Mond kostet. Unsere Sponsoren betrauen uns lediglich mit solchen Projekten, vor denen sie wirklich Angst haben.«

»Also, was *darfst* du uns darüber erzählen? Nur das allgemein bekannte Zeug, das man aus den Videomagazinen auch erfährt, ja? Nichts Geheimes.«

»Na ja ... okay.« Jetzt war Krishna an der Reihe. Er hob einen kleinen Stein auf, holte wie ein Baseball-Spieler aus und warf. Er trudelte weg und verschwand in der Ferne. Eine weiße Wolke wallte von der Oberfläche auf. »Ihr kennt doch Sally Chang, oder nicht? Sie hat gerade eine grafische Darstellung der Neurotransmissions-Funktionen vollendet.«

Sie warteten. Als Krishna dem nichts mehr hinzufügte, äußerte Hiro trocken: »Poh!«

»Einzelheiten, Krish! Einige von uns sind nicht so schnell, daß sie das Universum in einem Sandkorn erkennen können, wie es dir gegeben ist.«

»Es dürfte doch wohl klar sein. Wir verfügen seit fast einem Jahrzehnt über eine genetische Karte des Gehirns. Jetzt läßt sich dem Sally Changs chemische Karte hinzufügen, was gleichbedeutend damit ist, den Schlüssel zur Bibliothek in die Hand zu bekommen. Nein, es ist sogar noch besser. Stellt euch vor, ihr hättet euer ganzes Leben in einer riesigen Bibliothek verbracht, die vollgestopft ist mit Büchern in einer Sprache, die ihr weder lesen noch sprechen könnt, und dann findet ihr mit einemmal ein Wörterbuch und Bilderlexikon.«

»Was willst du damit sagen? Daß wir bis ins letzte verstehen werden, wie das Gehirn funktioniert?«

»Wir werden bis ins letzte *beherrschen* können, wie das Gehirn funktioniert. Mittels chemischer Therapie wird es uns möglich sein, jeden das denken oder fühlen zu lassen, was wir wollen. Wir werden eine sofort wirkende Heilmethode für alle nichttraumatischen Geisteskrankheiten zur Verfügung haben. Wir werden in der Lage sein, Aggression, Leidenschaft, Kreativität fein einzustellen – sie aufzudrehen oder zu dämpfen, wie es uns beliebt. Jetzt versteht ihr, warum unsere Sponsoren eine so große Angst davor haben, was unsere Forschungsarbeit hervorbringen könnte.«

»Nicht ganz, nein. Der Welt würde mehr geistige Gesundheit nicht schaden«, entgegnete Gunther.

»Da gebe ich dir recht. Doch wer bestimmt, was geistige Gesundheit ist? Viele Regierungen erachten politisches Dissidententum als Grund für die Unterbringung in einer psychiatrischen Anstalt. Durch diese neuen Erkenntnisse würden die Tore zum Gehirn geöffnet, es könnte von außen überprüft werden. Zum erstenmal wäre es möglich, nicht ausgesprochene revolutionäre Gedanken aufzuspüren. Denkweisen könnten per Gesetz vorgeschrieben, beziehungsweise verboten werden. Die Möglichkeiten des Mißbrauchs sind nicht unerheblich.

In Betracht zu ziehen ist auch eine militärische Anwendung. Dieses Wissen, kombiniert mit einigen der neuen Nano-Waffen, könnte eine teuflische Handhabe sein, mit der man die Armee des Feindes veranlassen könnte, gegen die eigene Bevölkerung vorzugehen. Oder noch einfacher, sie in eine psychotische Raserei zu

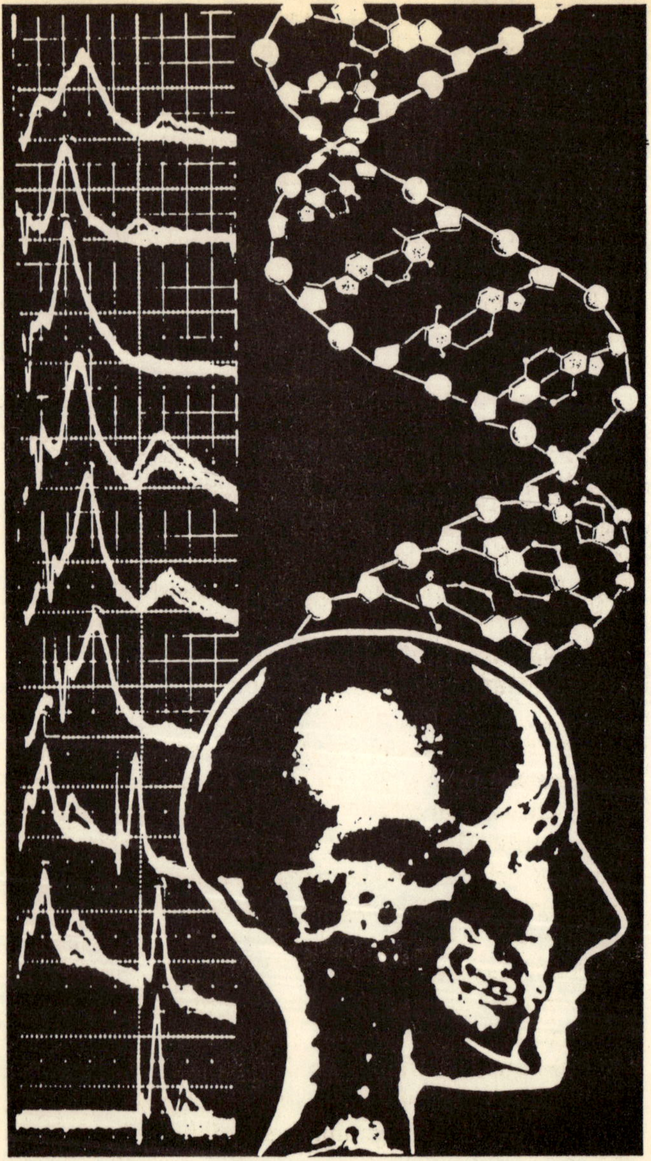

bringen, in der sie sich selbst niedermetzelt. Städte könnten dadurch erobert werden, daß man die Bürgerschaft in Katatonie versetzt. Anschließend könnte eine innere Nebenrealität geschaffen werden, die es dem Sieger erlauben würde, die Massen als Sklavenarbeiter zu benutzen. Die Möglichkeiten sind endlos.«

Sie verdauten das Gesagte schweigend. Schließlich ergriff Hiro das Wort: »Du liebe Güte, Krishna, wenn *darüber* öffentlich gesprochen wird, was sind das dann für Dinge, um Himmels willen, die du verheimlichen mußt?«

»Das kann ich dir nicht sagen.«

* * *

EINE MINUTE SPÄTER HÜPFTE HIRO wieder durch die Gegend. Am Fuß eines nahen Hügels fand er einen gewaltigen Felsen, der geneigt auf seinem spitzen Ende stand. Er tänzelte herum und versuchte, eine gute Aufnahme davon zu bekommen, ohne seine eigenen Fußabdrücke darauf zu haben.

»Also, wo liegt das Problem?« fragte Krishna über den Chip.

»Das Problem ist, daß es mir nicht gelingt, eine Verabredung zu treffen, um sie wiederzusehen. Ekatarina, meine ich. Ich habe Nachrichten hinterlassen, aber sie reagiert nicht. Und du weiß ja, wie es in Bootstrap ist – man muß sich sehr anstrengen, um jemandem aus dem Weg zu gehen, der einen unbedingt sehen will. Aber sie schafft es.«

Krishna sagte nichts.

»Ich möchte doch nur wissen, woran ich bin.«

»Sie geht dir aus dem Weg.«

»Aber warum? Ich habe mich in sie verliebt, aber sie nicht in mich. Willst du mir das erklären? Ich meine, hast du vor, mich fertigzumachen, oder was?«

»Ohne daß ich ihren Teil der Geschichte gehört habe, kann ich kaum ermessen, was in ihr vorgeht. Doch es deutet alles darauf hin, daß ihr die Sache genauso nahegegangen ist wie dir. Der Unterschied ist, daß du das für ein gutes Ereignis hältst, und sie nicht. Deshalb ist es ganz natürlich, daß sie dir aus dem Weg geht. Wenn ihr euch sehen würdet, hätte sie es noch viel schwerer, ihre Gefühle für dich zu meistern.«

»Blödsinn!«

Ein unerwarteter mürrischer Unterton klang in Krishnas Stimme mit, als er sagte: »Was willst du eigentlich? Gerade eben hast du dich noch darüber beschwert, daß ich dich für eine Maschine halte. Jetzt bist du unglücklich darüber, daß die Ismailowa glaubt, sie sei keine.«

»He, Jungs! Kommt mal rüber! Ich habe den Platz für eine perfekte Aufnahme entdeckt. Das müßt ihr euch ansehen.«

Sie wandten sich um und sahen Hiro, der ihnen von der Spitze eines Hügels aus zuwinkte. »Ich dachte, du wolltest abreisen«, brummte Gunther. »Du hast gesagt, du wärst den Mond leid und wolltest abhauen und nie mehr wiederkommen. Wie kommt es, daß du plötzlich alles in einem ganz anderen Licht siehst?«

»Das war gestern! Heute fühle ich mich als Pionier, als Erbauer von Welten, als Gründer von Dynastien!«

»Das wird allmählich langweilig. Wie muß man es anstellen, um eine vernünftige Antwort von dir zu bekommen?«

Hiro sprang in die Höhe und nahm mit weit ausgestreckten Armen eine etwas lächerliche Pose ein. Beim Landen stolperte er ein bißchen. »Anya und ich, wir werden heiraten!«

Gunther und Krishna blickten einander an, von ausdruckslosem Visier zu ausdruckslosem Visier. Mit krampfhafter Begeisterung in der Stimme sagte Gunther: »He, ehrlich? Ohne Quatsch? Herzlichen Glü ...«

Ein kreischendes statisches Geräusch heulte aus dem Nichts auf. Gunther zuckte zusammen und drehte den Verstärker herunter. »Mein blöder Lautsprecher ist …«

Einer der anderen beiden – sie waren jetzt dicht nebeneinander, und er konnte sie aus dieser Entfernung nicht auseinanderhalten – deutete nach oben. Gunther legte den Kopf in den Nacken, um zur Erde hochzublicken. Im ersten Moment war er sich nicht sicher, wonach er schaute. Dann sah er es: eine diamantförmige Lichtspitze mitten in der Nacht. Sie war wie ein kleines, strahlendes Loch in der Realität, irgendwo im kontinentalen Asien. »Was, zum Teufel, ist das denn?« fragte er.

Leise sagte Hiro: »Ich glaube, das ist Wladiwostok.«

* * *

ALS SIE SICH WIEDER ÜBER dem Sinus Medii befanden, war das erste Licht inzwischen rot geworden und verblaßt, aber zwei weitere waren aufgeblüht. Der Verlautbarungsmensch beim Observatorium machte Überstunden, um aus den Berichten der Pressestellen der wichtigsten Institutionen eine Montage aus Gerüchten und Angst zu basteln. Im Radio kamen andauernd Meldungen über Angriffe auf Seoul und Buenos Aires. Diese Nachrichten schienen bestätigt zu sein. Über Schläge gegen Panama, den Irak, Denver und Kairo gab es widersprüchliche Darstellungen. Eine Stealth-Rakete war über Hokkaido geflogen und ins Japanische Meer abgeleitet worden. Die Schweizer Orbitalgesellschaft hatte einige Produktionsstätten durch Splittersatelliten verloren. Es gab keine einheitliche Meinung darüber, wer der Angreifer gewesen war, der zuerst losgeschlagen hatte, doch die meisten Verdächtigungen zielten in eine Richtung. Doch Tokio stritt alles ab.

Gunther war überaus beeindruckt vom Kommentar eines britischen Videojournalisten, der sagte, daß es keine Rolle spielte, wer den ersten Schuß abgefeuert habe, und warum. »Wem sollen wir die Schuld geben? Der Süd-Allianz, Tokio, General Kim oder möglicherweise irgendeiner Terroristengruppe, von der noch nie jemand gehört hat? In einer Welt, deren Waffen durch haarfeine Drähte ausgelöst werden können, ist diese Frage irrelevant. Als die erste Bombe explodierte, aktivierte sie selbständige Programme, die das in Gang setzten, was offiziell als ›angemessene Gegenmaßnahmen‹ etikettiert ist. Selbst Gorschow persönlich hätte das nicht verhindern können. Seine taktischen Programme wählten die drei wahrscheinlichsten Angreifer dieser Woche aus – von denen mindestens zwei mit Sicherheit unschuldig waren – und lösten den Gegenschlag aus. Menschliche Wesen hatten dabei nichts zu melden.

Diese drei Nationen hatten wiederum ihre eigenen automatischen ›angemessenen Gegenmaßnahmen‹ programmiert. Deren Folgen erfahren wir gerade nach und nach. Jetzt tritt eine fünftägige Pause ein, während derer alle beteiligten Seiten verhandeln werden. Wieso ist uns das bekannt? Abstrakte Informationen über alle wichtigen Verteidigungsprogramme sind über jedes öffentliche Datennetz zugänglich. Sie sind kein Geheimnis. Offenheit ist tatsächlich das A und O der Abschreckung.

Wir haben fünf Tage, um einen Krieg abzuwenden, den buchstäblich niemand will. Die Frage ist, wird es den militärischen und politischen Mächten gelingen, innerhalb von fünf Tagen die Herrschaft über ihre Verteidigungsprogramme zu erlangen? Können und wollen sie das schaffen? Bedenkt man den Schmerz und die Wut, die bei alledem im Spiel sind, den traditionellen Haß, die religiösen Gegensätze, den nationalen Chauvinismus und die natürlichen Reaktionen derer, die geliebte Menschen unter den bisherigen Todesopfern zu beklagen haben, können dann die Zuständigen ihre eigene Natur rechtzeitig überwinden, um den endgültigen und totalen Krieg zu verhindern? Nach besten Informationen lautet unsere Vermutung: nein. Nein, sie können es nicht.

Gute Nacht, und möge Gotte uns allen gnädig sein.«

Sie flogen schweigend nach Norden. Selbst als die Sendung unvermittelt abbrach, ergriff niemand das Wort. Das Ende der Welt war gekommen, und es gab nichts zu sagen, das angesichts dieser Tatsache nicht zur Bedeutungslosigkeit schrumpfte. Sie strebten einfach nach Hause.

Die Landschaft um Bootstrap herum war mit Graffiti gesprenkelt, großen Blockbuchstaben, die auf den Felsen prangten KARL OPS – EINDHOVEN '49 und LOUISE MCTIGHE ALBUQUERQUE NM. Ein gewaltiges Auge in einer Pyramide. ARSENAL RUGBY WELTMEISTER und darüber eine Krone. CORNPONE. Pi Lambda Phi. MOTOR GANG. Ein Riese mit einer Keule. Gunther ging durch den Kopf, daß sie alle sich auf Orte und Dinge von der Welt über ihnen bezogen, nicht ein einziges davon hatte etwas mit dem Mond zu tun. Was ihm immer schon sinnlos vorgekommen war, erschien ihm jetzt mit einemmal unsagbar traurig.

Es war nur ein kurzer Weg vom Springer-Landepolster zur Vakuumparkgarage. Sie machten sich nicht die Mühe, ein Kleintaxi zu nehmen.

Die Parkgarage kam Gunther jetzt merkwürdig fremd vor, obwohl er schon unzählige Male hindurchgegangen war. Sie schien in ihrem eigenen Mysterium zu schweben, als ob alles entfernt und durch eine exakte Nachahmung ersetzt worden wäre, was ihr ein verändertes und irgendwie unbekanntes Aussehen verlieh. Reihe um Reihe geparkter Fahrzeuge standen innerhalb aufgezeichneter Striche nach größeren und kleineren Typen sortiert, Deckenlampen bemühten sich, den Boden zu beleuchten, was ihnen jedoch nicht gelang.

»Junge, ist es hier still!« Hiros Stimme wirkte unnatürlich laut.

Es stimmte. In den höhlenartigen Boxen der Parkgarage bewegte sich kein einziger Ferngesteuerter oder Fahrzeugpflegeroboter. Nicht einmal ein Druckleck-Aufspürer regte sich.

»Das muß irgendwie mit den neuesten Nachrichten zusammenhängen«, murmelte Gunther. Er stellte fest, daß er nicht fähig war, den Krieg direkt beim Namen zu nennen. Hinter der Parkgarage standen fünf Luftschleusen in einer Reihe. Über ihnen leuchtete ein warmer gelber Fensterstreifen im Stein. Er sah, wie sich in dem Raum dahinter der Aufseher hin und her bewegte.

Hiro schwenkte einen Arm, und die kleine Gestalt im Innern beugte sich vor und winkte zurück. Sie schlenderten zur nächstgelegenen Schleuse und warteten.

Nichts geschah.

Nach ein paar Minuten traten sie zurück, weg von der Schleuse, und spähten hinauf zum Fenster. Der Aufseher war noch immer dort und bewegte sich ohne Eile. »He!« rief Hiro über eine offene Frequenz. »Sie da oben! Sind Sie im Dienst?«

Der Mann lächelte, nickte und winkte wieder.

»Dann öffnen Sie die gottverdammte Tür!« Hiro machte ein paar Schritte nach vorn, und mit einem endgültigen Nicken und Abwinken beugte sich der Aufseher wieder über seine Armaturen.

»Eh, Hiro«, sagte Gunther. »Irgendwas ist komisch an ...«

Die Tür wurde durch eine Explosion geöffnet.

Sie sprang mit solcher Wucht und so schnell auf, daß sie halb aus den Angeln gehoben wurde. Die Luft aus dem Innern knallte wie ein Kanonenschuß. Einen Moment lang war die Parkgarage angefüllt mit herumschwirrenden Gerätschaften, Teilen von Vakuumanzügen und Stoffetzen. Ein Schraubenschlüssel traf Gunther am Arm und prallte ab, wodurch er herumgerissen und zu Boden geschleudert wurde.

Entsetzt starrte er nach oben. Allerlei Teile und Gegenstände verharrten für eine unwirklich lange Zeit in der Schwebe. Dann, als die Luft entwich, hagelten sie träge herunter. Er stand ungelenk auf und massierte sich den Arm durch den Anzug. »Hiro, alles in Ordnung mit dir? Krish?«

»O Gott«, sagte Krishna.

Gunther drehte sich blitzschnell um. Er sah Krishna im Schatten eines Flachladers über etwas kauern, das unmöglich Hiro sein konnte, weil es in der falschen Richtung abgeknickt war. Er ging durch die schimmernde Unwirklichkeit und kniete sich neben Krishna nieder. Er starrte auf Hiros Leichnam hinunter.

Hiro war direkt vor der Tür gestanden, als der Aufseher sie öffnete, ohne zuvor für einen Druckausgleich im inneren Schleusengang zu sorgen. Die Wucht der Druckwelle hatte ihn voll getroffen. Sie hatte ihn hochgehoben und gegen die Seite des Flachladers geschleudert, wo ihm beim Rückprall das Rückgrat gebrochen und das Visier seines Helms zerschmettert wurde. Er mußte auf der Stelle tot gewesen sein.

»Wer ist da?« fragte eine Frau.

Ein Kleintaxi war in die Garage gekommen, ohne daß Gunther es gemerkt hatte. Als er aufblickte, sah er gerade noch, wie ein zweiter hereinkam und gleich darauf ein dritter. Leute ergossen sich daraus. Bald strömten mindestens zwanzig Wesen durch die Parkgarage. Sie teilten sich in zwei Gruppen auf. Die eine strebte direkt den Schleusen zu, die kleinere näherte sich Gunther und seinen Freunden. Es sah ganz nach einer militärischen Operation aus. »Wer ist da?« wiederholte die Frau.

Gunther hob den Leichnam seines Freundes hoch, stand da und hielt ihn in den Armen. »Es ist Hiro«, sagte er matt. »Hiro.«

Sie näherten sich vorsichtig, ein Halbkreis von Anzügen mit ausdruckslosen Visieren. Er konnte die Firmenzeichen erkennen. Mitsubishi. Westinghouse. Holst Orbital. Der rote und orangefarbene Anzug der Ismailowa war darunter sowie ein lebhaftes Mondrian-Muster, das er nicht erkennen konnte. Die Frau sprach erneut, gespannt, lauernd. »Sag mir, wie es dir geht, Hiro.«

Das war Beth Hamilton.

»Das ist nicht Hiro«, sagte Krishna. »Es ist Gunther. Das da ist Hiro. Was er auf den Armen trägt. Wir waren draußen im Hochland und ...« Seine Stimme klang vor Erschütterung brüchig und versagte vollends.

»Bist du das, Krishna?« fragte jemand. »Das nenne ich Glück. Schickt ihn voraus, wir werden ihn beim Eintreten brauchen.« Jemand anderes warf Krishna einen Arm um die Schultern und führte ihn weg.

Über Sprechanlage sprach eine klare Stimme zum Aufseher. »Dmitri, bist du das? Ich bin Signe. Du erinnerst dich doch an mich, oder nicht, Dmitri? Signe Ohmstede. Ich bin eine Freundin von dir.«

»Natürlich erinnere ich mich an dich, Signe. Ich erinnere mich gut an dich. Wie könnte ich eine Freundin jemals vergessen. Klar, ich erinnere mich.«

»Oh, das ist gut. Ich freue mich ja so. Hör gut zu, Dmitri. Alles ist in bester Ordnung.«

Empört schaltete Gunther seine Sprechanlage auf Sendung. »Von wegen! Dieser Idiot da oben ...«

Ein bulliger Mann in einem Westinghouse-Anzug packte Gunthers verletzten Arm und schüttelte ihn. »Halt's Maul, du Scheißer!« schimpfte er. »Hier geht es um ernste Dinge, verdammt noch mal. Wir haben keine Zeit, ein Baby wie dich zu hätscheln.«

Beth Hamilton schaltete sich dazwischen. »Herrjeh, Posner, er hat doch gerade miterlebt ...« Sie hielt inne. »Ich werde mich um ihn kümmern. Dann wird er sich schon beruhigen. Laß uns eine halbe Stunde Zeit, einverstanden?«

Die anderen wechselten Blicke, nickten und wandten sich ab.

Zu Gunthers Überraschung sprach Ekatarina über den Mentalkom-Chip. »Es tut mir leid, Gunther«, murmelte sie. Dann war sie weg.

Er hielt Hiros Leichnam noch immer auf den Armen. Er ertappte sich dabei, wie er auf das verwüstete Gesicht seines Freundes hinabstarrte. Das Fleisch war blau angelaufen und sah aufgedunsen aus wie ein zu lange gekochtes Würstchen. Er konnte den Blick nicht abwenden.

»Komm!« Beth stupste ihn sanft an, um ihn in Bewegung zu setzen. »Leg die Leiche auf die Ladefläche dieses Wagens, und laß uns hinaus zur Klippe fahren.«

* * *

WEIL BETH HAMILTON DARAUF BESTAND, fuhr Gunther. Er stellte fest, daß es ihm half, mit etwas beschäftigt zu sein. Er behielt die Hände am Steuer, während er aufmerksam nach vorn blickte, um die Abzweigung der Straße zum Mausoleum nicht zu verpassen. Seine Augen juckten und waren unmenschlich trocken.

»Es wurde ein Optionsschlag gegen uns durchgeführt«, sagte Beth Hamilton. »Sabotage. Wir fangen gerade erst an, die Bruchstücke zusammenzusetzen. Niemand wußte, daß ihr an der Oberfläche wart, sonst hätten wir jemanden zu dir hinausgeschickt. Das Ganze hier ist ein ziemlicher Trümmerhaufen.«

Er fuhr schweigend weiter, eingebettet in den Schutz des kilometerweiten Vakuums, das ihn umhüllte. Er spürte die Anwesenheit von Hiros Leiche hinten auf dem Lieferwagen als ständiges physisches Stechen zwischen den Schulterblättern. Doch solange er nicht sprach, war er in Sicherheit; er konnte sich von dem Universum fernhalten, das den Schmerz beherbergte. Er konnte ihn nicht berühren. Er wartete, doch Beth fügte dem, was sie geäußert hatte, nichts mehr hinzu.

Schließlich sagte er: »Sabotage?«

»Ein totales Software-Versagen in der Radiostation. Explosionen bei allen Schienenschleudern. Drei Kerle von Microspacecraft Applications traten als Käufer auf, als die Schienenschleuder von Boitsowij in die Luft flog. Ich nehme an, das war unvermeidlich. Bei all der Rüstungsindustrie hier oben ist es nicht verwunderlich, daß uns jemand aus dem Geschäft werfen wollte. Aber das ist nicht alles. Den Leuten von Bootstrap ist etwas zugestoßen. Etwas ganz Schreckliches. Ich war draußen im Observatorium, als es geschah. Die Leiterin der Nachrichtenabteilung rief an, um sich zu erkundigen, ob es noch eine Sicherheitskopie der Software gäbe, um die Station wieder in Betrieb zu nehmen, und sie bekam nur ein Kauderwelsch zur Antwort. Irres Zeug. Ich meine, *wirklich* irr. Wir mußten die Verbindung der Ferngesteuerten des Observatoriums kappen, weil die Techniker total ...« Jetzt weinte sie, leise und beharrlich, und es dauerte eine Minute, bis sie wieder sprechen konnte. »Irgendeine Art von biologischer Waffe. Mehr wissen wir nicht.«

»Wir sind da.«

Als er zum Fuß der Mausoleum-Klippe einschwenkte, fiel Gunther ein, daß sie vergessen hatten, eine Bohrmaschine mitzubringen. Dann zählte er zehn schwarze Nischen in der Felsfläche und stellte fest, daß jemand vorausgedacht hatte.

»Die einzigen Leute, die verschont geblieben sind, sind diejenigen, die im Zentrum oder im Observatorium arbeiteten oder die sich an der Oberfläche aufhielten. Das macht etwa einhundert von uns allen, soweit ich weiß.«

Sie gingen um den Lieferwagen herum zur Ladefläche. Gunther wartete, doch Beth Hamilton bot nicht an, den Toten zu tragen. Aus irgendeinem Grund war Gunther darüber wütend und verärgert. Er entriegelte die Klappe, sprang auf das Trittbrett und hievte die Leiche heraus. »Wir wollen es hinter uns bringen.«

Bis zu diesem Tag waren insgesamt erst sechs Menschen auf dem Mond gestorben. Sie gingen an den Höhlen vorbei, in denen die Toten die Ewigkeit erwarteten. Gunther kannte ihre Namen auswendig: Heisse, Yasuda, Spehalski, Dubinin, Mikami, Castillo. Und jetzt Hiro. Es erschien unvorstellbar, daß je der Tag kommen würde, an dem es zu viele Tote geben würde, um sie alle namentlich zu kennen.

Gänseblümchen und Tigerlilien waren als so dichter Teppich vor den Grabnischen verstreut, daß er es nicht verhindern konnte, einige zu zertreten.

Sie betraten die erste leere Nische, und er legte Hiro auf einem Steinsims ab, der in den Fels gehauen war. Im Schein der Helmlampe sah sein Körper jämmerlich verdreht und gequält aus. Gunther merkte, daß er weinte; große heiße Tränen rannen ihm übers Gesicht und gerieten ihm beim Einatmen in den Mund. Er schaltete seine Sprechanlage aus, bis es ihm gelungen war, die Tränen wegzublinzeln. Er wischte sich mit der Hand über den Helm. »Ich denke, wir sollten ein paar Worte sagen.«

Beth Hamilton nahm seine Hand und drückte sie.

»Ich habe ihn noch nie so glücklich wie heute erlebt. Er war im Begriff zu heiraten. Er hüpfte herum, lachte und sprach davon, eine Familie zu gründen. Und jetzt ist er tot, und ich weiß nicht einmal, welcher Religion er angehörte.« Ein Gedanke zuckte ihm durch den Kopf, und er drehte sich hilflos zu Beth um. »Was sollen wir Anya sagen?«

»Sie hat ihre eigenen Probleme. Los, sprich ein Gebet,

dann laß uns gehen. Dir geht allmählich der Sauerstoff aus.«

»Ja, okay.« Er neigte den Kopf. *»Der Herr ist mein Hirte, mir wird nichts …«*

* * *

IN BOOTSTRAP HATTE DIE GRUPPE an der Oberfläche inzwischen die Luftschleusen eingenommen und den Aufseher von den Kontrollarmaturen weggezogen. Der Mann von Westinghouse, Posner, sah durch das Beobachtungsfenster zu ihnen herab. »Halten Sie Ihre Anzüge dicht«, warnte er sie. »Lassen Sie sie die ganze Zeit über fest verschlossen. Was immer es war, das auf diesen Kerl hier eingewirkt hat, ist immer noch da. Vielleicht im Wasser, vielleicht in der Luft. Eine Brise davon, und Sie sind weg vom Fenster. Haben Sie verstanden?«

»Wir haben vollkommen verstanden, und wir sind bis zum äußersten zur Kooperation bereit«, beteuerte Beth Hamilton schnell. »*Nicht wahr*, Weil?«

Er nickte mürrisch.

Nur eine Sperre war bis jetzt durchbrochen worden, und es gab noch fünf weitere Druckschleusen zwischen ihr und dem Raum mit Bootstrap-Luft. Die Konstrukteure der Stadt hatten viel Vorsicht walten lassen.

Unter der Aufsicht von Posner gingen sie durch die Korridore, Schleusen und Wechselkammern und fuhren mit Lastenaufzügen nach oben. Endlich traten sie ins Innere der Stadt hinaus.

Sie standen blinzelnd am Rand der Hölle.

Im ersten Moment war es unmöglich, irgendeinen Ursprung des überwältigenden Empfindens der Falschheit auszumachen, das an den Grenzen des Bewußtseins nagte. Die Parks waren gefleckt von Leuten; die Strahler an der Schnittstelle von Kraterwänden und

Dach leuchteten hell, und die Wasserfälle plätscherten immer noch anmutig von Terrasse zu Terrasse. Laufhühnchen bewegten sich mit komischen Hopsern durchs Gras.

Dann drängten sich störend einige Kleinigkeiten auf. Ein Mann taumelte über die vierte Ebene, mit zuckendem Kopf und steif schlenkernden Armen. Eine plumpe Frau watschelte vorbei; sie zog einen leeren Karren, der ehemals ein fahrbarer Mikrofabrikationsstand gewesen war, hinter sich her und gackerte wie eine Ente. Jemand ging in dem kniehohen Wald beim Naguchi-Park umher und riß einen Baum nach dem anderen heraus.

Doch es waren die reglosen Gestalten, die bei genauerem Hinsehen noch viel beunruhigender waren. Hier lag ein Mann halb in einem Tunneleingang, halb ragte er aus ihm heraus, so selbstvergessen wie ein Hund. Dort standen drei Frauen in außergewöhnlich schlaffen Posen herum, an der Grenze zur Verzweiflung. Ringsum berührten sich die Leute nicht, sprachen nicht miteinander und gaben auf keinerlei Weise zu erkennen, daß sie sich der Anwesenheit der anderen bewußt waren. Ihnen allen war eine absolute innere Isolation gemein.

»Was sollen wir ...« Etwas schlug Gunther in den Rücken. Er wurde nach vorn geworfen, die Beine wurden unter ihm weggerissen. Im Stürzen wurde ihm klar, daß Fäuste auf ihn einhieben, immer wieder, und dann kniete ein hagerer Mann auf seiner Brust und brüllte hysterisch. »Lassen Sie das! Lassen Sie das!«

Beth Hamilton packte den Mann an den Schultern und zog ihn weg. Gunther richtete sich auf die Knie auf. Er blickte dem Wahnsinn ins Gesicht: runde, angsterfüllte Augen, ein Ausdruck voller Panik. Der Mann fürchtete sich vor Gunther.

Mit einer ruckartigen Drehung befreite sich der Mann. Er rannte, als ob er von Dämonen verfolgt würde. Beth Hamilton sah ihm nach. »Alles in Ordnung?« fragte sie.

»Ja, klar.« Gunther rückte seine Greifwerkzeuge zurecht. »Wir wollen versuchen, die anderen zu finden.«

Sie gingen in Richtung See und betrachteten die in sich selbst versunkenen Gestalten, die überall im Gras herumlagen. Niemand unternahm den Versuch, sie anzusprechen. Eine Frau rannte barfuß an ihnen vorbei. Sie hatte die Arme voller Blumen. »He!« rief Beth Hamilton ihr nach. Sie lächelte flüchtig über die Schulter zurück, ohne langsamer zu werden. Gunther kannte sie vom Sehen, sie gehörte zur Geschäftsleitung von Martin Marietta.

»Sind denn *alle* hier verrückt?« fragte er.

»Es sieht ganz danach aus.«

Die Frau hatte das Ufer erreicht und warf die Blumen mit weit ausholenden Armbewegungen ins Wasser. Sie bedeckten die Oberfläche.

»Elende Vergeudung!« Gunther war vor den Blumen nach Bootstrap gekommen, er wußte, welche Anstrengungen nötig gewesen waren, um die Genehmigung zu ihrer Anpflanzung zu bekommen und eine Neuordnung der Ökologe der Stadt zu erreichen. Ein Mann in einem blaugestreiften Krupp-Anzug rannte am Seeufer entlang.

Die Frau, die sich inzwischen der Blumen entledigt hatte, stürzte sich selbst ins Wasser.

Im ersten Moment sah es so aus, als hätte sie plötzlich beschlossen, ein kleines Bad zu nehmen und zu tauchen. Doch das Zappeln und Strampeln, mit dem sie immer weiter ins Wasser hineinstolperte, machten deutlich, daß sie nicht schwimmen konnte.

In der Zeit, die Gunther brauchte, um sich das klarzumachen, war Beth Hamilton bereits vorgestürzt und preschte zum Wasser. Mit einiger Verzögerung folgte er

ihr. Doch der Mann im Krupp-Anzug war ihnen beiden voraus. Er platschte hinter der Frau her. Eine ausgestreckte Hand packte ihre Schulter, doch dann stürzte er und riß sie mit unter Wasser. Sie war im Gesicht rot angelaufen und hustete halberstickt, als er wieder auftauchte, einen Arm um ihren Brustkorb gelegt.

Inzwischen wateten auch Gunther und Beth in den See, und zu dritt gelang es ihnen, die Frau ans Ufer zu bringen. Als sie sie losließen, wandte sich die Frau schweigend ab und spazierte davon, als ob nichts geschehen sei.

»Sie holt neue Blumen«, erklärte der Krupp-Zugehörige. »Das ist das dritte Mal, daß die schöne Ophelia versucht hat, sich zu ertränken. Sie ist nicht die einzige. Ich halte mich hier in der Gegend auf und hole sie wieder raus, wenn sie hineintaumeln.«

»Wissen Sie, wo all die anderen sind? Gibt es irgendwelche Zuständigen? Jemanden, der Anweisungen erteilt?«

»Brauchen Sie Hilfe?« fragte Gunther.

Der Mann zuckte die Achseln. »Bei mir ist alles in Ordnung. Allerdings habe ich keine Ahnung, wo die anderen sind. Meine Freunde waren im Begriff, sich auf die zweite Ebene zu begeben, als ich den Entschluß faßte, lieber hierzubleiben. Wenn Sie ihnen begegnen, könnten Sie ihnen vielleicht sagen, daß ich für eine Nachricht von ihnen dankbar wäre. Es sind drei Burschen in Krupp-Anzügen.«

»Wir werden es ausrichten«, sagte Gunther.

Beth Hamilton entfernte sich bereits.

Auf einer Stufe direkt unter dem obersten Treppenabsatz lag lang hingestreckt einer von Gunthers Kameraden von G5. »Sidney«, sagte er behutsam. »Wie geht's?«

Sidney kicherte. »Ich strenge mich an, wenn du das meinst. Ich finde, daß das ›Wie‹ dabei keine Rolle spielt.«

»Okay.«

»Eine bessere Formulierung wäre die Frage gewesen, warum ich nicht bei der Arbeit bin.« Er stand auf und begleitete Gunther auf sehr normale Weise die Treppe hinauf. »Zweifellos kann ich nicht an zwei Orten gleichzeitig sein. Du würdest doch auch nicht in deiner Abwesenheit größere Operationen durchführen wollen, oder?« Er kicherte erneut. »Das ist ein Oxymoron. Wie Pferde: diese Praxiteles-Körper von klassischer Schönheit, die solchen langen surrealen Kot ausscheiden.«

»Okay.«

»Ich habe immer schon Leute bewundert, die soviel Kunst in einem einzigen Bild unterbringen.«

»Sidney«, sagte Beth Hamilton. »Wir suchen unsere Freunde. Drei Leute in blaugestreiften Arbeitsanzügen.«

»Ich habe sie gesehen. Ich weiß, wohin sie gegangen sind.« Seine Augen waren kalt und leer, sie schienen auf nichts im besonderen gerichtet zu sein.

»Können Sie uns zu ihnen führen?«

»Selbst eine Blume erkennt ihr eigenes Gesicht.« Ein hübsch gewundener Kiespfad führte durch private Gartenanlagen und Krockettplätze. Er schlug ihn ein, und sie folgten ihm.

Es befanden sich nicht viele Leute auf der zweiten Ebene; bei Ausbruch des Wahnsinns hatten sich die meisten offenbar in die Höhlen verkrochen. Die wenigen, die geblieben waren, nahmen entweder keine Notiz von ihnen oder zuckten vor ihnen zurück. Gunther ertappte sich dabei, wie er ihnen eindringlich in die Gesichter blickte und zu ergründen versuchte, welche Krankheit er darin spürte. Angst hatte sich in ihren Augen eingenistet – und das schreckliche Bewußtsein, daß ihnen etwas Entsetzliches widerfahren war, gepaart mit der völligen Gleichgültig für dessen Natur.

»O Gott, diese Leute!«

Beth Hamilton gab ein Brummen von sich.

Er hatte das Gefühl, durch einen Traum zu wandeln. Geräusche wurden durch seinen Anzug verzerrt, und die Farben büßten durch das Visier seines Helms an Intensität ein. Es war, als ob er behutsam von der Welt entfernt worden wäre, da und gleichzeitig nicht da, ein Eindruck, der sich mit jedem neuen Gesicht verstärkte, das mit einer irren, nichts wahrnehmenden Gleichgültigkeit durch ihn hindurchblickte.

Sidney bog um eine Ecke, fiel in Laufschritt und trabte in einen Tunneleingang. Gunther rannte hinter ihm her. An der Öffnung blieb er stehen, damit sich sein Helm an die veränderten Lichtverhältnisse anpassen konnte. Als seine Sicht wieder klar wurde, sah er Sidney durch einen Seitengang rennen. Er folgte ihm.

An der Kreuzung sah er sich um und entdeckte keine Spur ihres Führers. Sidney war verschwunden. »Hast du gesehen, in welche Richtung er weitergelaufen ist?« fragte er Beth Hamilton über die Sprechanlage. Es kam keine Antwort. »Beth?«

Er blickte den Gang entlang, hielt inne und machte kehrt. Diese Stollen gingen sehr tief. Er könnte sich für immer darin verlaufen. Er ging wieder hinaus auf die Terrassen. Beth Hamilton war nirgendwo zu sehen.

Da ihm nichts Besseres einfiel, folgte er dem Pfad. Direkt hinter einem Zierstrauch mit Holunderbeeren erstarrte er bei einem Anblick, der William Blake entlehnt zu sein schien.

Der Mann hatte Hemd und Sandalen abgelegt und trug nur eine kurze Hose. Er hockte auf einem Felsen, wachsam, geduldig, und aß eine Tomate. Ein Stahlrohr lag quer über seinen Knien wie ein Generalstab oder ein Zepter, und er hatte sich aus so etwas wie Platindraht eine Krone geflochten, von der ein Vermögen an supraleitfähigen Chips auf seine Stirn baumelte. Er war jeder Zoll ein königliches Tier.

Er starrte Gunther an, reglos und ohne zu blinzeln.

Gunther erschauderte. Der Mann erschien weniger menschlich als vielmehr anthropoid, mit einiger Geschicklichkeit, doch ohne Denkvermögen. Er hatte ein Gefühl, als betrachte er über Äonen hinweg Großvater Affe, der am Rande des Bewußtseins kauerte. Unwillkürlich wurde er von einer Woge abergläubischen Entsetzens ergriffen. Waren das die Folgen, wenn die höheren geistigen Funktionen ausgeschaltet wurden? Lauerte der Archetypus direkt unter der Haut und wartete auf die Gelegenheit, in Erscheinung zu treten?

»Ich suche meine Bekannte«, sagte er. »Eine Frau in einem G5-Anzug, wie ich einen anhabe. Haben Sie sie gesehen? Sie war auf der Suche nach drei ...« Er brach ab. Der Mann gaffte ihn ausdruckslos an. »Ach, was soll's.«

Er wandte sich ab und ging weiter.

Nach einer Weile verlor er jedes Empfinden für Zusammenhänge. Das Dasein löste sich in Bruchstücke, in einzelne Bilder auf: ein weit nach vorn gebeugter Mann, der eine Gummiente lüstern an sich drückte; eine Frau, die hinter einem Monitor wie ein Springaufmännchen emporschnellte, kreischte und mit den Armen fuchtelte; eine alte Bekannte, die mit einem gebrochenen Bein am Boden lag und schrie. Als er versuchte, ihr zu helfen, kroch sie voller Angst von ihm weg. Er konnte sich ihr nicht nähern, ohne noch mehr Schaden anzurichten. »Bleib hier«, sagte er. »Ich hole Hilfe.« Fünf Minuten später mußte er erkennen, daß er sich verlaufen und nicht die geringste Ahnung hatte, wie er jemals wieder zu ihr zurückfinden könnte. Er gelangte zu der Treppe, die wieder zur untersten Ebene hinunterführte. Es sprach nichts dafür, sie hinabzusteigen. Es sprach nichts dagegen. Er ging hinunter.

Er hatte gerade die unterste Stufe erreicht, als jemand in einem lavendelfarbenen Boutique-Anzug vorbeihuschte.

Gunther schaltete mit dem Kinn die Sprechanlage ein.

»Hallo!« Der lavendelfarbene Anzug drehte sich zu ihm um, mit einer Obsidianscheibe als Visier, kam jedoch nicht zurück. »Können Sie mir sagen, wohin alle verschwunden sind? Ich kenne mich überhaupt nicht mehr aus. Wie kann ich erfahren, was ich tun soll?« Der lavendelfarbene Anzug schlüpfte in einen Tunnel.

Schwach antwortete eine Stimme: »Versuchen Sie es im Büro des Stadtmanagers.«

* * *

DAS BÜRO DES STADTMANAGERS war ein schmales kleines Gemach etwa hundert Meter innerhalb eines verzweigten Labyrinths von Verwaltungs- und Dienstleistungstunnels. Es war für das allgemeine Gefüge niemals von großer Bedeutung gewesen. Die vordringlichen Aufgaben des Stadtmanagers bestanden darin, die Luft- und Wasservorräte immer wieder aufzufüllen sowie die planmäßige Inspektion der Luftschleusen durchzuführen, Funktionen also, die jeder Computer besser als ein Mensch hätte erfüllen können, wenn man gewagt hätte, sie einer Maschine anzuvertrauen. Der Raum war wahrscheinlich noch nie von so vielen Leuten bevölkert gewesen wie jetzt. Mehrere Dutzend Leute, angezogen für Vollvakuum-Bedingungen, drängten sich in die Halle und lauschten aufmerksam der Verhandlung zwischen Ekatarina und dem Krisenmanagement-Programm der Stadt. Gunther zwängte sich so dicht wie möglich ans Geschehen, dennoch konnte er sie kaum sehen.

»... die Luftschleusen, die Farmen und öffentlichen Einrichtungen, und wir haben alle Ferngesteuerten eingesperrt. Was kommt als nächstes?«

Ekatarinas PeCe hing an ihrer Arbeitsausrüstung und verstärkte die tonlose Stimme des KMP. »Nachdem jetzt die Kontrolle aller elementaren Lebensbereiche gewährleistet ist, muß die zweite Priorität dem industriellen Sektor gelten. Die Fabriken müssen geschlossen, die Reaktoren stillgelegt werden. Es gibt kein ausreichendes menschliches Überwachungssystem, um ihren Betrieb aufrechtzuerhalten. Die Fabriken haben auf Verlangen Einmottungs-Programme durchzuführen.

Drittens dürfen die Farmen auf keinen Fall vernachlässigt werden. Fünfzehn Minuten ohne Sauerstoff, und alle Buntbarsche werden eingehen. Die Tintenfische sind sogar noch empfindlicher. Drei erfahrene Agrar-Komponenten müssen sofort mit der Wahrnehmung dieser Belange beauftragt werden. Diese Zahl ist zu verdoppeln, falls nur unerfahrene Komponenten zur Verfügung stehen. Unterstützende Software ist vorhanden. Haben Sie einen Fundus, aus dem Sie schöpfen können?«

»Lassen Sie mich später darauf zurückkommen. Was sonst noch?«

»Was ist mit den Leuten?« rief ein Mann angriffslustig dazwischen. »Warum, zum Teufel, machen Sie sich Sorgen um Fabriken, wenn unsere Leute in diesem Zustand sind?«

Die Ismailowa blickte ihn streng an. »Gehe ich recht in der Annahme, daß Sie einer von Changs wissenschaftlichen Komponenten sind? Warum sind Sie hier? Haben Sie nicht genug zu tun?« Sie blickte sich um, als sei sie plötzlich aus dem Schlaf gerissen worden. »Sie alle? Worauf warten Sie?«

»Sie können uns nicht so leicht davonjagen! Wer hat Sie zum kleinen messingbehangenen General ernannt? Wir brauchen von Ihnen keine Befehle entgegenzunehmen.«

Die Umstehenden scharrten unbehaglich mit den Füßen, ohne Anstalten zum Weggehen zu machen, sondern darauf wartend, daß einer vom anderen das Stichwort bekäme. Ihre Anzüge wirkten in dieser Enge ziemlich einheitlich, und ihre Helme waren leer und ausdruckslos. Sie sahen aus wie eine Menge wandelnder Eier.

Die Stimmung der Leute schwankte in anfälliger Balance, bereit, jeden Augenblick beim leisesten Hauch in Beifall oder Wut umzukippen. Gunther hob den Arm. »General«, sagte er mit lauter Stimme. »Hier spricht Soldat Weil. Ich erwarte meine Befehle. Sagen Sie mir, was ich tun soll.«

Gelächter wogte durch den Raum, und die Spannung wich. Ekatarina antwortete: »Nehmen Sie den Ihnen am nächsten Stehenden, und fangen Sie an, die Betroffenen aus dem Verwaltungsbereich zu entfernen. Führen Sie sie hinaus ins Freie, wo sie sich nicht so leicht verletzen können. Sobald Sie einen Raum oder Korridor freigeräumt haben, sperren Sie ihn fest zu. Haben Sie das verstanden?«

»Sehr wohl, Madam.« Er klopfte dem Anzug, der ihm am nächsten stand, auf die Schulter, und sein Helm senkte sich zu einem kurzen Nicken. Doch als sie sich zum Gehen umwandten, war ihnen der Weg durch die dichtgedrängten Körper versperrt.

»Sie da!« Ekatarina ließ einen Finger vorschnellen. »Begeben Sie sich zu den Schleusen der Farmen, und verschließen Sie sie mit Schaum. Ich möchte kein Risiko eingehen, daß sie kontaminiert werden. Jeder, der erfahren im Betreiben von Produktionsstätten ist – wohl die meisten von uns, denke ich –, soll sich einen Ferngesteuerten suchen und sich ans Werk machen, alle Öffnungen zu schließen. Das KMP wird Ihnen mit Anweisungen helfen. Wenn Sie nichts anderes zu tun haben, bilden Sie Gruppen zum Räumen der Korridore. Ich werde eine Generalversammlung einberufen, sobald wir einen umfassenderen Aktionsplan ausgearbeitet haben.« Sie hielt inne. »Habe ich etwas vergessen?«

Überraschenderweise antwortete ihr das KMP: »Es gibt dreiundzwanzig Kinder in der Stadt, darunter zwei siebenjährige Vormündige und ansonsten Fünfjährige oder jüngere, Sprößlinge registrierter lunarer Dauerkomponenten. Die allgemeine Regelung lautet, daß Kindern in besonderem Maße Schutz und Fürsorge zusteht. Die Kapelle auf der dritten Eben kann in einen Hort für die Kleinen umgewandelt werden. Die Kunde soll verbreitet werden, daß alle Kinder, die gefunden werden, dorthin gebracht werden sollen. Eine vertrauenswürdige Person soll damit beauftragt werden, sich um sie zu kümmern.«

»Mein Gott, ja.« Sie wandte sich an den angriffslustigen Mann vom Zentrum und sagte bissig: »Das können Sie machen.«

Er zögerte, dann salutierte er höhnisch und wandte sich zum Gehen.

Das brach den lähmenden Bann. Die Menge begann sich zu zerstreuen. Gunther und seine Assistentin – es stellte sich heraus, daß es sich um Liza Nagenda handelte, eine Bodenratte wie er selbst – machten sich an die Arbeit.

* * *

IN SPÄTEREN JAHREN sollte sich Gunther an diese Epoche erinnern als eine Zeit, in der sein Leben in einen dunklen Tunnel geriet. Während langer, alptraumhafter Stunden schleppten sich er und Liza von einem Büro zum nächsten, von einer Abstellkammer zur anderen, und bemühten sich, die Betroffenen aus den Räumen der Korporativen Gesellschaft und hinaus ins Freie zu befördern.

Die Betroffenen erwiesen sich als nicht kooperativ.

Die ersten paar Räume, die sie betraten, waren leer. Im vierten war eine verstört aussehende Frau voller

Hingabe damit beschäftigt, Schubladen und Aktenschränke zu durchwühlen und ihren Inhalt durch die Gegend zu schleudern. Ein wirres Durcheinander bedeckte den Boden. »Irgendwo hier drin muß es sein. Irgendwo hier drin muß es sein«, sagte sie in panischer Aufregung.

»Was ist da drin, meine Liebe?« fragte Gunther besänftigend. Er mußte laut sprechen, damit er durch den Helm gehört werden konnte. »Was suchen Sie denn?«

Sie legte den Kopf in den Nacken und setzte ein Lächeln voll boshaften Entzückens auf. Mit beiden Händen strich sie sich das Haar zurück, hob es mit nach oben angewinkelten Ellbogen auf den Hinterkopf und klemmte es sich dann strähnenweise hinter die Ohren. »Das ist egal, weil ich es jetzt ganz sicher finden werde. Zwei Skarabäen erscheinen und dazwischen die strahlende Sonnenscheibe; das ist ein gutes Omen, ganz zu schweigen davon, daß es ein Sexsymbol ist. Ich habe Sex gehabt, soviel Sex, wie man sich nur wünschen kann, im Alter von neun Jahren bin ich hinter dem Außenklo vom Echsenkönig gerammelt worden. Was machte es mir aus? Ich hatte damals Flügel und dachte, daß ich fliegen könnte.«

Gunther trat ein bißchen näher an sie heran. »Was Sie sagen, ergibt überhaupt keinen Sinn.«

»Wissen Sie, Tolstoi hat erzählt, daß es im Wald hinter seinem Haus einen grünen Stab gäbe, der, wenn er erst einmal gefunden würde, bewirkte, daß alle Menschen einander liebten. Ich glaube an diesen grünen Stab als Grundprinzip der physischen Existenz. Das Universum besteht aus einer Urform von vier Dimensionen, die wir wahrnehmen können, sowie sieben, die wir nicht wahrnehmen können, und deshalb sind für uns Frieden und Brüderlichkeit ein Phänomen wie ein siebendimensionaler grüner Stab.«

»Sie müssen auf mich hören.«

»Warum? Wollen Sie mir erzählen, daß Hitler tot ist? Ich glaube nicht an solchen Unsinn.«

»Du lieber Himmel«, sagte Liza Nagerda. »Du kannst mit einer Irren nicht diskutieren. Pack sie einfach bei den Armen, und dann schleppen wir sie hinaus.«

Das war allerdings nicht so leicht. Die Frau hatte Angst vor ihnen. Immer, wenn sie sich ihr näherten, wich sie voller Furcht zurück. Wenn sie sich langsam bewegten, konnten sie sie nicht in die Ecke treiben, und wenn sie beide sie schnell umzingelten, dann krabbelte sie über einen Schreibtisch und duckte sich unter ihn zwischen die Seitenteile. Liza Nagenda packte ihre Beine und zog daran. Die Frau heulte auf und umklammerte die Knieteile von Lizas Anzugs. »Lassen Sie mich los«, fauchte diese. »Gunther, zieh dieses verdammte verrückte Weib von meinen Beinen weg.«

»Töten Sie mich nicht!« schrie die Frau. »Ich habe stets zweimal gewählt – Sie wissen, daß es so ist. Ich habe denen erzählt, Sie seien Verbrecher, aber ich habe mich geirrt. Saugen Sie nicht den Sauerstoff aus meiner Lunge!«

Sie brachten die Frau schließlich aus dem Büro, verloren sie dann aber wieder, als Gunther sich umdrehte, um die Tür abzuschließen. Sie hastete mit flatternder Gliedern durch den Korridor, dicht gefolgt von Liza Nagenda. Dann tauchte sie in einem anderen Büro unter, und dasselbe Spiel begann von neuem.

Es dauerte länger als eine Stunde, die Frau aus dem Korridor zu treiben und sie in den Park zu entlassen. Dagegen ging es mit den nächsten drei recht schnell. Dann kam wieder ein schwieriger Fall, und beim fünften stellte sich heraus, daß es sich um die erste Frau handelte, mit der sie zu tun gehabt hatten, die zurückgekommen war und immer noch ihr Büro suchte. Als sie sie zum zweitenmal ins Freie geschafft hatten, sagte

Liza Nagenda: »Damit sind vier Irre erledigt, und achthundertachtundfünfzig stehen uns noch bevor.«

»Hör zu …«, setzte Gunther an. Dann ertönte Krishnas Stimme aus seinem Mentalkom-Chip, gespreizt und mit übertriebener Deutlichkeit. »Alle haben sich unverzüglich zum Zentralsee für eine Organisationsbesprechung zu begeben. Ich wiederhole: Sofort zum See! Sofort zum See!« Offenbar sprach er über einen überwachten Sender. Der Ton war schlecht, und seine Stimme schwankte auf und ab.

»Schon gut, okay. Ich habe verstanden«, sagte Liza. »Du kannst jetzt den Mund halten.«

»Alle werden ersucht, sich sofort zum See zu begeben. Jeder muß auf direktem Weg zum Zentral …«

»Pscht!«

Als sie wieder im Parkgelände ankamen, wimmelte es auf den freien Flächen inzwischen von Leuten. Und keinesfalls nur von den Anzuggestalten. Alle Betroffenen strömten ebenfalls aus den Höhlen und Gängen von Bootstrap herbei. Sie marschierten blindlings, unsicher auf den See zu, wie soeben aus dem Grab auferstanden. Die untere Ebene füllte sich mit Menschen.

»Verdammt!« sagte Gunther versonnen.

»Gunther?« fragte Liza Nagenda. »Was ist los?«

»Die Mentalkom-Chips sind die Lösung! Verdammt, wir hätten nur über die Chips mit ihnen sprechen müssen. Sie tun alles, was ihnen die Stimme in ihrem Kopf eingibt.«

Das Gelände um den See herum war so bevölkert, daß Gunther Mühe hatte, irgendwelche anderen Anzüge zu entdecken. Dann sah er eine Gestalt im Anzug, die am Rand der zweiten Ebene stand und heftig winkte. Er winkte zurück und machte sich auf den Weg zur Treppe.

Als er zur zweiten Ebene kam, hatte sich bereits eine dichte Gruppe von Nichtbetroffenen zusammengefunden. Immer weitere kamen hinzu, angezogen von dem gehäuften Auftreten von Anzügen. Schließlich richtete Ekatarina über den offenen Kanal ihrer Sprechanlage das Wort an sie.

»Es besteht keine Veranlassung für uns zu warten, bis sich alle eingefunden haben. Ich glaube, alle sind nah genug, um mich hören zu können. Setzen Sie sich, ruhen Sie sich ein bißchen aus, Sie haben es verdient.« Die Leute ließen sich im Gras nieder. Einige streckten sich auf dem Rücken oder dem Bauch aus, in voller Montur. Die meisten saßen.

»Durch einen glücklichen Zufall haben wir eine Methode entdeckt, wie wir unsere betroffenen Freunde unter Kontrolle halten können.« Mäßiger Beifall erklang. »Doch es liegen noch viele Probleme vor uns, und nicht alle werden so einfach zu lösen sein. Wir alle haben gesehen, was sich den Augen darbietet. Jetzt muß ich Ihnen die schlimmeren Dinge enthüllen. Wenn der Krieg auf der Erde uneingeschränkt thermonuklear geführt wird, dann sind wir vollkommen und total abgeschnitten, möglicherweise für Jahrzehnte.«

Ein Raunen ging durch die Menge.

»Was bedeutet das? Abgesehen von den unmittelbaren Unannehmlichkeiten – keine Luxusgüter mehr, keine Seidenhemden, keine neuen Saatsorten, keine neuen Videos, keine Rückkehrmöglichkeit mehr für diejenigen unter uns, die noch nicht ganz entschlossen waren zu bleiben – werden wir viele der Dinge verlieren, die wir zum Überleben brauchen. Unsere gesamte Mikrofabrikation hängt von der Schweizer Orbitalgesellschaft ab. Unsere Wasserreserven reichen für ein Jahr, aber wir büßen jedesmal winzige Mengen von Wasserdampf durch Rost und Korrosion und das Vakuum ein, wenn jemand durch eine Luftschleuse geht, und diese Mengen sind entscheidend für unsere Existenz.

Doch wir können überleben. Wir können Roh-Wasserstoff und Sauerstoff aus dem Lockerboden gewinnen und durch Verbrennen Wasser herstellen. Wir produzieren bereits unsere Luft selbst. Wir können auf den größten Teil der Nano-Elektronik verzichten. Wir können wachsen und gedeihen, selbst wenn die Erde ... selbst wenn es zum Schlimmsten kommen sollte. Aber um das zu erreichen, brauchen wir unsere gesamte Produktionskapazität, ebenso wie unsere gesamte Bewachungskapazität. Wir müssen nicht nur unsere Fabriken wieder leistungsfähig machen, wir müssen auch einen Weg finden, unsere Leute wieder leistungsfähig zu machen. Für jeden von uns wird es in Zukunft mehr Arbeit als genug geben.«

Liza Nagenda berührte mit ihrem Helm Gunthers und murmelte: »So eine blöde Kuh!«

»Laß mal, ich will das hören.«

»Zum Glück hat das Krisenmanagement-Programm Kontingenzpläne für genau diese Situation parat. Nach seinen Daten, die unvollständig sein mögen, verfüge ich über mehr Erfahrung im Bereich militärischer Befehlsgewalt als irgendein anderes amtliches Wesen. Hat jemand die Absicht, sich damit als Konkurrenz zu messen?« Sie wartete, doch niemand ging darauf ein. »Wir werden uns während der Dauer des Ausnahmezustandes an paramilitärische Strukturen halten. Das dient ausschließlich organisatorischen Zwecken. Das umfaßt keinerlei Privilegien für die Offiziere, und die militärische Ordnung wird sofort aufgehoben werden, wenn unsere gegenwärtigen Probleme gelöst sind. Das ist oberstes Gesetz.«

Sie senkte den Blick auf ihren PeCe. »Zu diesem Zweck habe ich ein mir untergebenes Triumvirat von Offizieren eingerichtet, bestehend aus Carlos Diaz-Rodriques, Miiko Ezumi und Will Posner. Ihnen werden neun weitere Offiziere unterstehen, von denen jeder für ein Kader von nicht mehr als zehn Wesen verantwortlich sein wird.«

Sie las die Namen vor. Gunther war dem Kader Vier zugeordnet, Beth Hamiltons Gruppe. Dann sagte Ekatarina: »Wir alle sind müde. Die Gruppe im Zentrum hat eine Dekontamination durchgeführt, so daß eine Küche und eine Anzahl von Schlafplätzen zur Verfügung stehen. Die Kader Eins, Zwei und Drei werden noch vier Stunden hier aushalten und dann eine Ruheschicht von vollen acht Stunden einlegen. Die Kader Vier bis Neun können sich jetzt zum Zentrum begeben, um eine Mahlzeit einzunehmen und sich vier Stunden lang auszuruhen.« Sie machte eine kurze Pause. »Das ist alles. Sehen Sie zu, daß Sie etwas Schlaf bekommen.«

Ein dürftiger Jubel erhob sich, flachte ab und erstarb. Gunther stand auf. Liza Nagenda drückte freundschaftlich sein Hinterteil, und als er sich nach rechts in Bewegung setzte, packte sie ihn am Arm und deutete nach links, zu den Dienstaufzügen.

Sie kamen schwerfällig in Gang.

* * *

ES WAR ZUVIEL ZU TUN. Sie arbeiteten bis zur Erschöpfung – es reichte nicht. Sie unterhielten ständigen Funkverkehr mit dem KMP über Schmalband und richteten eine Mikrowellenverbindung zum Zentrum ein, damit es ihren Einsatz wirkungsvoller leiten konnte – es reichte nicht. Sie verbesserten die Organisation immer mehr und ordneten Dinge neu. Doch die Last war zu groß, und Unfälle passierten unvermeidlicherweise.

Die Hälfte der verschont gebliebenen Schienenschleudern – kleine Geräte, die Roh- und halbverarbeitete Materialien übers Hochland und durch die Bucht transportierten – wurden schwer beschädigt, als sich ihre Aluminiumgleise in der Mittagssonne verzogen – die

Sonnenschilde waren nicht rechtzeitig aufgestellt worden. Eine unbekannte Zahl von Bulldozerrobotern waren aus dem geplünderten Bergwerk abgehauen und mußten vermutlich als verloren abgeschrieben werden. Es fiel schwer zu erahnen, um wie viele es sich handelte, weil die Inventarunterlagen vollkommen durchwühlt worden waren. Von den Nahrungsmitteln, die in Bootstrap lagerten, konnte nichts mehr als unbedenklich eingestuft werden; die Mahlzeiten für das Zentrum mußten direkt auf den Farmen geerntet und durch die Notschleusen herausgebracht werden. Ein unerfahrener Farmer machte einen Fehler mit der Fernbedienung, der Inhalt von zehn Agrartanks brodelte ins Vakuum hinaus, und neuntausend junge Lachse wurden wie Geysire hochgewirbelt und über die Oberfläche verteilt. Auf Posners Anweisung hin wurden eilends alle Fernbedienungseinrichtungen in Kisten gepackt und ins Zentrum verfrachtet. Beim Auspacken mußte man feststellen, daß die meisten davon beschädigte Schwenkarme hatten.

Es gab auch kleine Siege. Bei seiner zweiten Schicht fand Gunther in einem Vakuumlager vierzehn Ballen Baumwolle und setzte einen Werker daran, Futonbetten für das Zentrum zu nähen. Das bedeutete, daß es mit dem Auf-dem-nackten-Boden-Schlafen ein Ende hatte, und er war der Lokalheld für den Rest des Tages. Es gab nicht genügend Toiletten im Zentrum; Diaz-Rodriquez veranlaßte, daß man die Klos aus den Sonnensturm-Schutzbunkern der Fabriken holte. Huriel Garza entdeckte ihr Talent, mit begrenzten Mitteln genießbare Speisen zu bereiten.

Doch sie verloren immer mehr an Boden. Die Betroffenen waren unberechenbar, und sie tauchten überall auf. Ein abgewiesener Systemanalytiker, der der Stimme in seinem Kopf gehorchte, schüttete mehrere Fässer Schmieröl in den See. Die Wasserfilter wurden dadurch verstopft, und die Ströme mußten wegen Reparaturarbeiten stillgelegt werden. Eine Ärztin schaffte es irgendwie, sich mit ihrer eigenen Diagnoseausrüstung zu erdrosseln. Die städtischen Ökologen wurden durch rücksichtslosen Vandalismus aufs äußerste strapaziert.

Schließlich kam jemand auf die Idee, eine Sprechschlaufe für eine Daueransage einzurichten. »Ich bin ruhig«, ertönte eine Stimme vom Endlosband. »Ich bin ganz ruhig. Ich will nichts tun. Ich bin glücklich an dem Platz, wo ich bin.«

Gunther arbeitete mit Liza Nagenda gerade daran, die Wasserströme wieder in Gang zu setzen, als die Schlaufe zum erstenmal ihre Wirkung tat. Er blickte auf; eine unheimliche Reglosigkeit hatte sich über Bootstrap ausgebreitet. Überall auf den Terrassen standen die Irren in starren Stellungen völliger Teilnahmslosigkeit herum. Die einzigen Bewegungen stammten von einigen wenigen Anzuggestalten, die wie Käfer zwischen den Neu-Katatonikern herumhuschten.

Liza stemmte die Hände in die Hüften. »Wunderbar! Jetzt dürfen wir sie auch noch *füttern.*«

Sie hatte recht. So erleichtert er auch war, Gunther wußte es. Eine hoffnungslose Aufgabe war gegen eine andere eingetauscht worden.

* * *

ER ZOG SICH GERADE DEN ANZUG für seinen dritten Tag an, als Beth Hamilton ihn bei seinem Tun unterbrach und sagte: »Weil! Hast du eine Ahnung von Elektrotechnik?«

»Nein, eigentlich nicht. Ich meine, ich kann die Elektrik eines Wagens anschließen oder vielleicht ein Mikrowellenrelais installieren oder solche Dinge, aber …«

»Das wird genügen. Hör mit deiner jetzigen Arbeit

auf, und hilf Krishna dabei, ein System auszuarbeiten, um die Irren zu kontrollieren. Irgendeine Methode, wie wir sie individuell beaufsichtigen können.«

Sie richteten sich in Krishnas ehemaligem Labor ein. Die Überbleibsel alter Sicherheitsmaßnahmen waren noch vorhanden, und niemandem war es erlaubt gewesen, hier zu schlafen. Folglich war der Raum herrlich sauber und ordentlich, die gesamte Laborausstattung – alles original Orbit-Ware – hatte eine glatte, anonyme Oberfläche. Es war die Rückversetzung in eine Zeit, bevor die Verwirrung und der Wahnsinn ausgebrochen waren. Wenn der Geruch nach einem neuen Tunnel, der herbe Gestank von gespaltenem Felsgestein, der in der Luft lag, nicht gewesen wäre, hätte man durchaus so tun können, als wäre nichts geschehen.

Gunther bediente ein Telekontakt-Steuergerät und manövrierte einen Ferngesteuerten durch Bootstraps Apartments. Sie glichen einer Unmenge von nicht miteinander verbundenen Zellen des Chaos. Er betrat eine davon und las die Worte BUDDHA = KOSMISCHE TRÄGHEIT, die mit etwas an die Wand geschmiert waren, das wie menschlicher Kot aussah. Eine Frau saß auf einem Futonbett und riß Flocken von Füllmaterial heraus, das sie in die Luft warf. Baumwolle bedeckte alles im Raum wie frisch gefallener Schnee. Das nächste Apartment war leer und sauber, und eine glänzende Mikrofabrik stand auf einem Sims. »Hiermit spreche ich deine Verstaatlichung aus, im Namen der Provisorischen Volksrepublik von Bootstrap und aller unterdrückten Massen«, sagte er trocken. Der Ferngesteuerte hob sie behutsam auf. »Bist du mit dem Chip-Diagramm schon fertig?«

»Es wird nicht mehr lange dauern«, sagte Krishna.

Sie bauten gerade den Prototyp eines Kontrollapparats. Das Prinzip dabei war, jeden PeCe zu codieren, so daß das KMP den Besitzer identifizieren und zu ihm direkt sprechen konnte. Durch eine Verringerung der

Spannung konnten sie die Sendereichweite des PeCes auf anderthalb Meter begrenzen, so daß jeder betroffenen Person individuelle Befehle erteilt werden konnten. Die vorhandenen Chips waren jedoch hochgezüchtete Vollblütler, die nicht für jeden x-beliebigen Energiebereich eingesetzt werden konnten. Sie mußten ausgewechselt werden.

»Ich weiß allerdings nicht, wie du erwarten kannst, daß man von diesen Kerlen irgendeine brauchbare Arbeit bekommt. Ich meine, was wir brauchen, sind Überwacher. Du kannst nicht hoffen, daß sie zu logischem Denken fähig sind.«

Krishna war tief über seinen PeCe gebeugt und antwortete zunächst nicht. Dann sagte er: »Weißt du, wie ein Yogi sein Herz zum Stillstand bringt? Wir haben das untersucht, als ich am Gymnasium war. Wir baten Yogi Premanand, ob er sein Herz anhalten würde, während er an unsere Instrumente angeschlossen war, und er stimmte freundlicherweise zu. Wir verfügten über die neuesten Gehirnscanner, doch es stellte sich heraus, daß die interessantesten Ergebnisse vom EKG aufgezeichnet wurden.

Wir beobachteten, daß sich der Herzschlag des Yogi nicht, wie wir erwartet hatten, verlangsamte, sondern im Gegenteil immer schneller wurde, bis das Organ seine physischen Grenzen erreicht hatte und anfing zu zerfasern. Er hatte sein Herz nicht langsamer werden lassen, sondern beschleunigt. Es hörte nicht auf, sondern bekam einen Krampf.

Nach unseren Versuchen fragte ich ihn, ob ihm diese Tatsachen bekannt gewesen seien. Er sagte nein und bezeichnete sie als überaus interessant. Er war höflich, doch es war deutlich, daß er unsere Erkenntnise nicht für sehr bedeutend hielt.«

»Willst du damit sagen ...?«

»Das Problem bei Schizophrenen ist, daß in ihren

Köpfen zuviel vorgeht. Zu viele Stimmen. Zu viele Ideen. Sie können ihre Aufmerksamkeit nicht auf eine einzige Gedankenkette konzentrieren. Doch es wäre ein Fehler, sie für unfähig zu halten, komplizierte Zusammenhänge zu erfassen. Tatsächlich sind sie hervorragende Denker. Ihre Gehirne arbeiten einfach auf einem solchen Leistungsgipfel, daß sie ihre Gedanken nicht in eine sinnvolle Ordnung bringen können.

Der Mentalkom-Chip liefert nun noch eine weitere Stimme, allerdings eine lautere, beharrlichere. Deshalb gehorchen sie ihr. Er durchbricht den Lärm, liefert einen Fixpunkt, dient als Grundsubstanz, aus der sich das Denken herauskristallisieren kann.«

Der Ferngesteuerte öffnete die Tür, die in einen Konferenzraum tief im Innern der Verwaltungstunnel führte. Acht Mikrofabriken standen ordentlich aufgereiht auf dem Konferenztisch bereit. Er fügte den neunten hinzu, drehte sich um und entfernte sich, wobei er die Tür hinter sich zuschloß. »Weißt du«, sagte Gunther, »all diese ausgeklügelten Sicherheitsmaßnahmen sind vielleicht überflüssig. Was immer in Bootstrap angewendet worden sein mag, ist möglicherweise gar nicht mehr in der Luft. Vielleicht war es gar nie in der Luft. Es könnte genausogut im Wasser oder sonstwo gewesen sein.«

»Oh, es ist schon noch da, millionenfach. Wir haben es mit einer schizomimetischen Maschine zu tun, bei der die Übertragung durch die Luft stattfindet. Sie ist so konstruiert, daß sie bis in alle Ewigkeit erhalten bleibt.«

»Eine schizomimetische Maschine? Was ist das denn, um Himmels willen?«

Geistesabwesend leierte Krishna monoton herunter: »Eine schizomimetische Maschine ist eine nichtletale strategische Waffe mit großer psychologischer Wirkung. Sie setzt nicht nur die Vektoren des getroffenen Ziels außer Kraft, sondern belastet die Arbeitskraft und

Materialvorräte des Feindes in unverhältnismäßig hohem Grad durch die Hilfe, die er den Opfern leisten muß. Aufgrund dieser besonderen Eigenart ihrer Wirkung übt sie einen zutiefst demoralisierenden Einfluß auf jene aus, die den Opfern ausgesetzt sind, vor allen bei jenen, die mit der Pflege betreut sind. Deshalb wird sie als strategische Waffe mit besonderer Vorliebe eingesetzt.« Er hätte aus einem Bedienungshandbuch vorlesen können.

Gunther grübelte. »Die Einberufung der Versammlung über die Chips war also kein Fehler, oder? Du wußtest, daß es funktionieren würde. Du wußtest, daß sie einer Stimme gehorchen würden, die in ihren Köpfen spricht.«

»Ja.«

»Dieses üble Pflänzchen ist wohl auf dem Mist des Zentrums gewachsen, was? Das ist das Zeug, über das du nicht sprechen durftest!«

»Zum Teil.«

Gunther verringerte die Energie seines Geräts und klappte eine Linse hoch. »Du verdammter Mistkerl, Krishna! Zur Hölle mit dir, du blödes Schwein!«

Krishan blickte verstört von seiner Arbeit auf. »Habe ich etwas Falsches gesagt?«

»Nein! Nein, du hast überhaupt nichts Falsches gesagt – du hast lediglich viertausend Leute um den Verstand gebracht, das ist alles! Wach endlich auf und sieh dir genau an, was ihr Wahnsinnigen mit eurer Waffenforschung angerichtet habt!«

»Es war keine Waffenforschung«, sagte Krishna nachsichtig. Er zeichnete eine lange, gewundene Linie in die schematische Darstellung. »Doch wenn die reine Wissenschaft vom Militär finanziert wird, dann wird sich das Militär militärische Anwendungsmöglichkeiten für die Wissenschaft ausdenken. So ist das nun mal.«

»Wo liegt der Unterschied? Es ist geschehen. Und du bist verantwortlich.«

Jetzt schob Krishna seinen PeCe tatsächlich zur Seite. Er sprach mit einer Leidenschaft, die für in ganz und gar untypisch war. »Gunther, wir *brauchen* diese Informationen. Ist dir klar, daß wir versuchen, eine technologische Zivilisation mit einem Gehirn zu betreiben, das im Neolithikum entwickelt wurde? Ich meine es vollkommen ernst. Wir sind alle gefangen in den alten Jäger-Sammler-Programmen, und sie nützen uns nichts mehr. Bedenke doch mal, was auf der Erde vor sich geht. Man steckt dort bis zum Bauch in einem Krieg, den niemand will und in dem niemand kämpfen möchte; auf allen Seiten verschlingt er Unsummen, und vielen bringt er Unsummen ein, und niemand kann ihn aufhalten. Die Denkweise, die uns in diese Ecke treibt, ist nicht zu unserem Wohle. Sie muß sich ändern. Und das ist das Ziel, auf das wir hinarbeiten – die Zähmung des menschlichen Gehirns. Es muß im Zaum gehalten, ihm müssen Zügel angelegt werden.

Zugegeben, unsere Forschung wurde gegen uns verwendet! Doch was bedeutet eine Waffe mehr unter so vielen? Wenn Neuroprogramme nicht zur Verfügung gestanden hätten, dann hätte man etwas anderes verwendet. Senfgas zum Beispiel, oder Plutoniumstaub. Am einfachsten wäre gewesen, ein Loch ins Dach zu sprengen und uns alle ersticken zu lassen.«

»Das ist doch alles Mist, mit dem du dich vor dir selbst rechtfertigen willst, Krishna! Es gibt keine Entschuldigung für das, was du getan hast.«

Leise, doch mit Überzeugung sagte Krishna: »Du wirst mir niemals einreden, daß unsere Forschungsarbeit nicht die bedeutendste Leistung ist, die man heute erbringen kann. Wir müssen die Beherrschung über dieses Ungeheuer in unseren Schädeln erlangen. Wir müssen unsere Denkweisen ändern.« Er dämpfte die Stimme noch mehr. »Das Traurige ist, daß wir uns nur ändern können, wenn wir überleben. Aber um zu überleben, müssen wir uns zuerst ändern.«

Danach arbeiteten sie schweigend weiter.

* * *

GUNTHER ERWACHTE AUS ruhelosen Träumen und stellte fest, daß die Schlafschicht erst zur Hälfte vorüber war. Liza schnarchte. Vorsichtig, um sie nicht zu wecken, zog er sich an und schlich barfuß aus seiner Koje und durch den Gang. Im Gemeinschaftsraum brannte Licht, und er hörte Stimmen.

Ekatarina blickte bei seinem Eintreten auf. Ihr Gesicht war blaß und abgespannt. Schwache Ringe hatten sich unter ihren Augen gebildet. Sie war allein.

»Ach, hallo! Ich habe gerade mit dem KMP gesprochen.« Sie schaltete per Gedanken ihren PeCe aus. »Nimm Platz.«

Er zog sich einen Stuhl heran und beugte sich tief über den Tisch. Jetzt, da er ihr so nah war, empfand er eine zwar geringe, doch spürbare Mühe zu atmen. »Also. Wie stehen die Dinge?«

»Man wird eure Kontrollapparate in Kürze ausprobieren. Der erste Schwung Chips dürfte in einer Stunde oder so aus den Fabriken kommen. Ich dachte, ich bleibe auf und sehe mir an, wie sie sich machen.«

»Ist es so schlimm?« Ekatarina schüttelte den Kopf und vermied es, ihn anzusehen. »He, jetzt mal ehrlich, du wartest auf die Ergebnisse, dabei sehe ich dir an, wie müde du bist. Bei der ganzen Sache muß doch vieles im argen liegen.«

»Mehr, als du ahnst«, sagte sie kummervoll. »Ich bin gerade die Zahlen durchgegangen. Das Ganze ist viel schlimmer, als du es dir vorstellen kannst.«

Er streckte den Arm aus und griff nach ihrer kalten,

blutleeren Hand. Sie drückte ihn so fest, daß es weh tat. Ihre Blicke trafen sich, und er sah in ihren Augen all die Angst und die Fragen, die ihn selbst auch bewegten.

Wortlos standen sie auf.

»Ich habe eine Koje für mich allein«, sagte Ekatarina. Sie hatte seine Hand nicht losgelassen, sondern hielt sie vielmehr so fest, als wollte sie sie nie mehr loslassen.

Gunther ließ sich von ihr wegführen.

* * *

SIE LIEBTEN SICH UND REDETEN LEISE über belangloses Zeug und liebten sich wieder. Gunther hatte gedacht, daß sie nach dem ersten Mal sofort einnicken würde, doch dazu steckte sie viel zu sehr voll nervöser Energie.

»Sag mir, wenn du kurz davor bist zu kommen«, murmelte sie. »Laß es mich wissen, wenn du kommst.«

Er hielt in den Bewegungen inne. »Warum sagst du das jedesmal?«

Ekatarina sah mit verschwommenem Blick zu ihm auf, und er wiederholte die Frage. Dann stieß sie ein tiefes, kehliges Lachen aus. »Weil ich frigide bin.«

»Wie bitte?«

Sie nahm seine Hand und rieb ihre Wange daran. Dann neigte sie den Kopf und fuhr mit der Bewegung fort, strich mit seiner Hand über ihren Hals und an der Seite ihren Kopfes nach oben. Er spürte das kurze, stoppelige Haar in seiner Handfläche und dann, hinter dem Ohr, zwei Erhebungen unter der Haut, wo Biochips implantiert worden waren. Der eine war bestimmt ihr Mentalkom-Chip, und der andere … »Es ist eine Prothese«, erklärte sie. Ihre Augen waren grau und feierlich. »Sie wirkt auf die Lustzentren. Wenn es angebracht ist, kann ich meinen Orgasmus mit einem Gedanken einschalten. Auf diese Weise können wir immer zur gleichen Zeit kommen.« Sie bewegte beim Sprechen die Lippen langsam unter ihm.

»Aber das bedeutet doch, daß du eigentlich gar keine sexuelle Stimulation brauchst, oder? Du kannst nach Belieben einen Orgasmus auslösen. Während du im Bus fährst. Oder hinter einem Schreibtisch sitzt. Du brauchst nur dieses Ding anzustellen, dann kannst du stundenlang ununterbrochen kommen.«

Sie sah belustigt aus. »Ich werde dir ein Geheimnis verraten. Als das Ding neu war, habe ich solche Scherze getrieben. Das machen alle. Aber sehr bald wird einem das zu blöd.«

Zutiefst in seinem Stolz getroffen, sagte Gunther: »Weshalb bin ich dann hier? Wenn du so etwas Praktisches besitzt, warum brauchst du mich dann noch?« Er war drauf und dran, sich aus ihr zurückzuziehen.

Sie umklammerte ihn und zog ihn wieder in sich hinein. »Du hast irgendwie etwas Angenehmes«, sagte sie. »Auf eine widersprüchliche Weise. Komm her!«

* * *

ER GING ZURÜCK ZU SEINEM FUTONBETT und machte sich daran, die Teile seines Anzugs zu ordnen. Liza setzte sich verschlafen auf und glotzte ihn an. »Aha«, sagte sie. »So ist das also.«

»Na ja. Man könnte sagen, ich hatte noch etwas Unerledigtes zu vollenden. Eine alte Beziehung.« Vorsichtig streckte er eine Hand aus. »Du bist mir doch nicht böse, oder?«

Sie ignorierte seine Hand und stand auf, nackt und wütend. »Du besitzt den Nerv dazustehen, ohne vorher deinen Schwanz abzuwischen, und fragst, ob ich dir böse bin! Arschloch!«

»Ach, Liza, komm, so ist es nicht!«

»Und ob es so ist! Du darfst wieder mal mit dieser

blaßarschigen russischen Eiskönigin ficken, und gleich bin ich Vergangenheit. Denke nicht, ich weiß nicht alles über sie.«

»Ich hatte gehofft, wir könnten weiterhin – du weißt schon – Freunde bleiben.«

»Nett gesagt, Scheißkerl!« Sie ballte die Hand zur Faust und schlug ihn mit aller Wucht in die Mitte der Brust. Tränen stiegen ihr in die Augen. »Mach, daß du wegkommst! Ich kann dich nicht mehr sehen!«

Er ging.

* * *

ER SCHLIEF JEDOCH NICHT. Ekatarina war noch wach und völlig aus dem Häuschen über die ersten Berichte, die über das neue Kontrollsystem eintrafen. »Es funktioniert!« jubelte sie. »Es funktioniert!« Sie hatte ein Seidenunterhemd angezogen und schritt aufgeregt hin und her, nackt bis zur Taille. Ihr Schamhaar war eine weiße Flamme, mit beinahe unsichtbaren Spuren kleinerer Härchen, die nach ihrem Nabel griffen und die süße Innenseite ihrer Schenkel liebkosten. Müde, wie er war, empfand Gunther erneut heftiges Verlangen nach ihr. Auf eine erschöpfte, ausgelaugte Weise war er glücklich.

»Juhuu!« Sie küßte ihn heftig, nicht erotisch, und rief das KMP mental an. »Alle früheren Überlegungen revidieren. Wir werden unsere betroffenen Komponenten wieder an die Arbeit schicken«, dachte sie. »Alle Arbeitspläne neu anpassen.«

»Wie Sie befehlen.«

»Wie verändert das unsere langfristigen Aussichten?«

Das Programm äußerte sich ein paar Sekunden lang nicht, seine Prozessoren arbeiteten. Dann sagte es: »Sie sind im Begriff, in ein nötiges, jedoch sehr gefährliches Stadium des Wiederaufbaus einzutreten. Sie begeben sich von einer höchst stabilen Situation mit geringen

Aussichten in eine höchst instabile mit vielversprechenden Aussichten. Sobald sie etwas Muße haben, werden Ihre nichtbetroffenen Komponenten sehr schnell mit Ihrer Herrschaft unzufrieden sein.«

»Was geschieht, wenn ich einfach um eine Stufe zurückgehe?«

»Die Aussichten verschlechtern sich wesentlich.«

Ekatarina zog den Kopf ein. »Okay, was wird vermutlich unser drängendstes neues Problem sein?«

»Die nichtbetroffenen Komponenten werden verlangen, mehr über den Krieg auf der Erde zu erfahren. Sie werden wollen, daß die Medien sie wieder mit Nachrichten füttern.«

»Ich könnte mühelos einen Empfänger betriebsbereit herrichten«, warf Gunther ein. »Nichts Aufwendiges, aber ...«

»Wage es nicht!«

»He? Warum denn nicht?«

»Gunther, ich will es dir mal so erklären: Welche beiden Nationalitäten sind hier am stärksten vertreten?«

»Na ja, ich schätze, das wird Rußland sein und ... oh!«

»›Oh‹ ist das passende Wort. Im Moment halte ich es für das beste, wenn niemand genau weiß, wer wessen Feind sein könnte.« An das KMP gerichtet dachte sie: »Wie soll ich reagieren?«

»Bevor sich die Situation stabilisiert, haben Sie keine andere Möglichkeit als die der Ablenkung. Sorgen Sie dafür, daß die Gehirne beschäftigt sind. Machen Sie die Saboteure dingfest, und organisieren Sie dann Gerichtsverfahren, in denen über Kriegsverbrechen verhandelt wird.«

»Das ist aus der Mode. Keine Hexenjagden, keine Sündenböcke, keine Gerichtsverfahren. Wir alle sitzen im gleichen Boot.«

Ungerührt sagte das KMP: »Gewalt ist die linke Hand

der Herrschaft. Sie handeln vorschnell, wenn Sie dieses Potential ungenutzt lassen, ohne gründlich darüber nachzudenken.«

»Darüber möchte ich nicht diskutieren.«

»Sehr wohl. Wenn Sie die Anwendung von Gewalt im Augenblick hinauszögern wollen, dann könnten Sie eine Jagd nach den Waffen veranstalten, die in Bootstrap benutzt wurden. Das Auffinden und Identifizieren würde die Energien beschäftigen, ohne daß notwendigerweise jemand einbezogen wäre. Außerdem würde die Bedeutung in weiten Kreisen so verstanden werden, als wäre eine Heilung möglich, und auf diese Weise könnte die Moral beträchtlich angehoben werden, ohne daß Sie direkt zu lügen brauchen.«

Müde, als ob das etwas wäre, das sie schon viele Male durchdacht hatte, sagte sie: »Gibt es wirklich eine Hoffnung, daß sie geheilt werden können?«

»Alles ist möglich. Im Lichte der gegenwärtig zur Verfügung stehenden Mittel kann es allerdings nicht als wahrscheinlich gelten.«

Ekatarina schaltete den PeCe mental aus, entließ das KMP. Sie seufzte. »Vielleicht sollten wir genau das tun. Uns auf die Jagd nach der Waffe machen. Wir müßten eigentlich in der Lage sein, mit diesem Gedanken etwas anfangen zu können.«

Verwirrt sagte Gunther: »Aber es war doch eine von Sally Changs Waffen, oder nicht? Eine schizomimetische Maschine, stimmt's?«

»Wo hast du das denn aufgeschnappt?« fragte sie schroff.

»Nun, Krishna hat gesagt … Er hat nicht so getan, als ob … Ich dachte, das wäre allgemein bekannt.«

Ekatarinas Gesicht nahm einen harten Ausdruck an. »Programm!« dachte sie.

Das KMP trat wieder in Aktion. »Bereit.«

»Mach Krishna Narasimhan ausfindig, Nichtbetroffener, Kader Fünf. Ich möchte unverzüglich mit ihm sprechen.« Ekatarina grapschte nach ihrem Slip und ihren Shorts und zog sich wütend an. »Wo sind meine verdammten Sandalen? Programm! Sage ihm, daß wir uns im Gemeinschaftsraum treffen. Sofort!«

»Verstanden.«

* * *

ZU GUNTHERS ÜBERRASCHUNG brauchte Ekatarina länger als eine Stunde, um Krishna in die Knie zu zwingen. Schließlich jedoch ging der junge Forscher zu einer Schleuse, wies sich ihr gegenüber aus und öffnete die Speicher. »So streng gesichert sind die Sachen auch wieder nicht«, sagte er entschuldigend. »Wenn unsere Sponsoren wüßten, wie oft wir alles einfach offen gelassen haben, um schnell rein und raus zu kommen, würden sie … na ja, egal.«

Er nahm ein flaches, handtellergroßes metallenes Rechteck aus einem Wandschrank. »Dies dürfte aller Wahrscheinlichkeit nach das Übertragungsmittel sein. Es handelt sich um eine Aerosolbombe. Die biologischen Wirkstoffe werden *hier* eingefüllt, und ausgelöst wird, indem man *das* hier zurückschlagen läßt. Der Druck reicht, um den Wirkstoff fünfzehn Meter senkrecht in die Höhe zu schleudern. Luftströme besorgen das übrige.« Er warf Gunther das Ding zu, der es voller Entsetzen anstarrte. »Keine Angst, es ist nicht geladen.«

Er zog eine Schublade heraus, in der Reihe um Reihe von glänzenden Chromzylindern untergebracht waren. »Diese hier enthalten den eigentlichen Überträger. Es sind nagelneue Nano-Waffen. Der letzte Schrei, möchte ich behaupten.« Er fuhr mit der Fingerspitze darüber. »Wir haben sie alle einzeln so programmiert, daß sie jeweils eine unterschiedliche Mischung von Neuro-Transmittern produzieren. Doramin, Phencyclidin, Norepinephrin, Acetylcholin, Met-Enzephalin, P-Substanz,

Serotonin – hier drin steckt eine dicke Scheibe des Himmels, und …« – er deutete auf eine leere Stelle – »genau hier fehlt uns ein Stückchen Hölle.« Er runzelte die Stirn und murmelte: »Das ist komisch. Warum fehlen *zwei* Zylinder?«

»Was ist los?« sagte Ekatarina. »Ich habe nicht verstanden, was Sie gerade gesagt haben.«

»Oh, nichts Wichtiges. Ähm … hören Sie, es wäre vielleicht ganz hilfreich, wenn ich mal eben ein paar Darstellungen der biologischen Zusammenhänge zeigen würde, um Ihnen den chemischen Unterbau dieser Dinge zu erläutern.«

»Machen Sie sich nicht soviel Mühe. Erklären Sie das Ganze so nett und einfach wie möglich. Erzählen Sie uns was über diese schizomimetischen Maschinen.«

Die Erklärung dauerte länger als eine Stunde.

Bei den Maschinen handelte es sich um molekülgroße chemische Fabriken, die weitgehend nach dem Prinzip einer Mikrofabrik mit Automatikwerkern arbeiteten. Sie waren vom Militär zur Verfügung gestellt worden, in der Hoffnung, daß Changs Gruppe damit eine sinnenverwirrende Waffe entwickeln würde, durch deren flächendeckende Anwendung man in der feindlichen Armee eine Loyalitätsverlagerung erreichen könnte. Gunther schlummerte für kurze Zeit ein, während Krishna erklärte, warum das unmöglich war, und erwachte einige Zeit, nachdem die winzigen Maschinen in Krishnas Vortrag bereits ihren Weg ins Gehirn gefunden hatten.

»In Wirklichkeit handelt er sich um eine unechte Schizophrenie«, erklärte Krishna. »Wahre Schizophrenie ist ein wundervoll komplizierter Mechanismus. Was diese Maschinen erzeugen, ist eher Ramschware zu Schleuderpreisen. Sie beeinflussen die chemischen Vorgänge im Gehirn und pumpen Dopamin und andere Neuro-Transmitter heraus. Es ist *per se* eigentlich keine Geisteskrankheit. Sie bringen einfach nur das Gehirn dazu, sich zu überschlagen.« Er hustete. »Sie verstehen, was ich meine.«

»Okay«, sagte Ekatarina. »Okay. Sie behaupten, sie könnten diese Dinge programmieren. Wie?«

»Wir benutzen dazu etwas, das man im technischen Bereich Mediatoren nennt. Sie sind wie Neuromodulatoren – sie sagen den schizomimetischen Maschinen, was sie tun sollen.« Er zog eine weitere Schublade auf und sagte mit ausdrucksloser Stimme: »Sie sind verschwunden.«

»Lassen Sie uns beim Thema bleiben, wenn es Ihnen recht ist. Später werden wir uns über Ihre Bestände unterhalten. Erzählen Sie uns etwas über diese Mediatoren. Können Sie eine große Anzahl davon herbeischaffen, damit sie den schizomimetischen Maschinen eingeben, sich selbst auszuschalten?«

»Nein, und zwar aus zwei Gründen. Erstens werden diese Moleküle bei der Schweizer Orbitalgesellschaft in Handarbeit hergestellt; wir haben keine Industrieanlagen, um sie zu produzieren. Zweitens kann man den schizomimetischen Maschinen nicht eingeben, sich selbst auszuschalten. Sie besitzen *keine* entsprechenden Schalter. Sie sind eher mit Katalysatoren zu vergleichen als mit eigentlichen Maschinen. Man kann sie umkonfigurieren, damit sie unterschiedliche Chemikalien hervorbringen, aber …« Er hielt inne, und in seine Augen trat ein geistesabwesender Ausdruck. »Verdammt!« Er griff nach seinem PeCe, und eine Darstellung chemischer Verbindungen erschien auf einer der Wände. Und daneben eine Aufzählung der wichtigsten Neurofunktionen. Dann ein weiteres Diagramm mit hingekritzelten Verhaltenssymbolen. Immer mehr Daten wurden an die Wand geworfen.

»Äh, Krishna …«

»Ach, unterbrechen Sie mich nicht«, fauchte er. »Das ist wichtig.«

»Glauben Sie, Sie könnten in der Lage sein, sich etwas zur Heilung auszudenken?«

»Heilung? Nein. Etwas Besseres. Viel Besseres.«

Ekatarina und Gunther warfen sich Blicke zu. Dann sagte sie: »Brauchen Sie etwas dazu? Soll ich Ihnen jemanden zum Assistieren zur Seite stellen?«

»Ich brauche die Mediatoren. Finden Sie sie für mich.«

»Wie? Wie können wir sie finden? Wo sollen wir suchen?«

»Bei Sally Chang«, sagte Krishna ungeduldig. »Sie muß sie haben. Niemand sonst hat Zugang dazu.« Er klickte einen Lichtschreiber auf und kritzelte wirre Formeln an die Wand.

»Ich werde sie für Sie herbeischaffen. Programm! Sage ...«

»Die Chang ist eine Irre«, erinnerte Gunther sie. »Sie wurde von der Aerosolbombe getroffen.« Die sie mit Sicherheit selbst gebaut hatte. Eine schlaue Art, einen Beweis zu vernichten, der womöglich zu der Regierung geführt hätte, für welche sie auch immer gearbeitet haben mochte. Sie war als erste verrückt geworden.

Ekatarina zwickte sich in die Nase und zuckte zusammen. »Ich bin zu lange wach«, sagte sie. »Also gut, ich verstehe. Krishna, von nun an sind Sie zur ständigen Forschungsarbeit abgestellt. Das KMP wird den Leiter Ihres Kaders später benachrichtigen. Lassen Sie mich es wissen, wenn Sie irgendwelche Unterstützung brauchen. Finden Sie einen Weg, um diese verdammte Waffe unschädlich zu machen.« Sie ging nicht darauf ein, daß er ihr lediglich mit einem Achselzucken antwortete, sondern sagte zu Gunther: »Ich entziehe dich dem Kader Vier. Von nun an bist du direkt mir unterstellt. Ich möchte, daß du Sally Chang findest. Finde sie, und finde diese Mediatoren.«

Gunther war hundemüde. Er konnte sich nicht erinnern, wann er zum letztenmal acht Stunden Schlaf bekommen hatte. Doch er brachte etwas zustande, das er für ein zuversichtliches Grinsen hielt. »Verstanden.«

* * *

EINE VERRÜCKTE SOLLTE EIGENTLICH nicht in der Lage sein, sich zu verstecken. Sally Chang war dazu in der Lage. Es hätte eigentlich niemandem möglich sein dürfen, sich der Beobachtung durch das KMP zu entziehen, nachdem es eine immer größere Anzahl von Betroffenen an der Angel hatte. Sally Chang war es möglich. Das KMP informierte Gunther, daß keiner der Irren eine Ahnung vom derzeitigen Aufenthalt der Chang hätte. Es bestätigte die Anweisung, daß jeder von ihnen einmal in der Stunde Ausschau nach ihr halten sollte, bis sie gefunden würde.

In den westlichen Tunnels waren Wände herausgerissen worden, um einen Raum so groß wie das Innere einer Fabrik zu schaffen. Die Ferngesteuerten waren wieder eingesetzt worden, und ihnen waren jetzt fast zweihundert menschliche Irre zugesellt worden, und zwar so plaziert, daß keiner das Befehlsfeld des anderen störte. Gunther schritt an ihnen vorbei, durch die flüsternden Stimmen des KMP. »Sind alle Bulldozer herangezogen worden? Wenn das der Fall ist … Alle fehlerhaft funktionierenden Maschinen müssen ausgesondert werden, sie können eingesetzt werden … für Vakuumschmelzstaub auf den oberen Gleisflächen … Verminderung der Temperatur, dann ist dafür zu sorgen, daß die Sauerstoffversorgung kompatibel ist …« Auf der anderen Seite saß eine einsame Anzuggestalt in einem Stuhl und hielt einen Überwachungsapparat auf dem Schoß.

»Wie läuft's?« fragte Gunther,

»Absolut Spitze.« Er erkannte Takayunis Stimme. »Die meisten Fabriken sind in Betrieb und arbeiten auf

Hochtouren, und wir sind nahe daran, die Schienenschleudern ebenfalls wieder in Gang zu bekommen. Es ist kaum zu glauben, wieviel geballte Leistungsfähigkeit hier vorhanden ist.«

»Gut, was?«

Takayuni grinste; Gunther hörte es an seiner Stimme. »Emsige kleine Kerlchen!«

Takayuni hatte Sally Chang nicht gesehen. Gunther ging weiter.

Einige Stunden später saß er erschöpft im Naguchi-Park, und sein Blick schweifte über den aufgewühlten Staub, wo der kniehohe Wald gewesen war. Kein einziger Sprößling war verschont geblieben; die Silberbirke war als Mondgewächs ausgerottet worden. Tote Karpfen schwammen mit dem Bauch nach oben in dem mit Ölschlick bedeckten Zentralsee, den jetzt ein Kettenzaun umgab, um die Irren abzuhalten. Bis jetzt war die Zeit zu knapp gewesen, um mit dem Wegräumen des Mülls zu beginnen, und als er sich umsah, entdeckte er überall Unrat. Es war traurig. Es erinnerte ihn an die Erde.

Er wußte, daß es an der Zeit gewesen wäre zu gehen, doch er konnte nicht. Sein Kopf sackte herunter und berührte die Brust, und er riß ihn wieder hoch. Es war eine lange Weile vergangen.

Das Zucken einer Bewegung ließ ihn herumfahren. Jemand in einem Boutique-Anzug in pastelligem Lavendel eilte vorbei. Die Frau, die ihn vor ein paar Tagen zum Büro des Stadtmanagers geschickt hatte. »Hallo!« rief er. »Ich habe alle genau dort angetroffen, wo Sie gesagt hatten. Ich war schon langsam im Begriff, Gespenster zu sehen.«

Der lavendelfarbene Anzug wandte sich in seine Richtung um. Sonnenstrahlen glitzerten auf schwarzem Glas. Nach einer langen stummen Weile sagte sie: »Sprechen Sie nicht darüber!« und wollte weitergehen.

»Ich suche Sally Chang. Kennen Sie sie? Haben Sie sie

irgendwo gesehen? Sie ist eine Irre, eine ziemlich kleine Frau und auffallende Erscheinung, die grelle Kleidung zu bevorzugen pflegte, dazu elektrisches Make-up und solche Dinge.«

»Ich fürchte, da kann ich Ihnen nicht helfen.« Lavendel trug drei Sauerstofftanks auf den Armen. »Sie könnten es höchstens mal auf dem Strohmarkt versuchen.« Sie huschte geduckt in eine Tunnelöffnung und verschwand.

Gunther starrte ihr verdutzt nach, denn schüttelte er den Kopf. Er war sehr, sehr müde.

* * *

DER STROHMARKT SAH AUS, als hätte dort ein Sturm gewütet. Die Zelte waren eingerissen, die Stände umgekippt, die Waren geplündert. Orangefarbene und grüne Glasscherben knirschten unter den Füßen. Doch ein Gestell mit italienischen Seidenschals, die ein Jahresgehalt wert waren, standen unberührt mitten in dem Wirrwarr. Das ergab überhaupt keinen Sinn.

Auf dem ganzen Marktplatz waren Irre emsig mit Saubermachen beschäftigt. Sie bückten sich und hoben Dinge auf und fegten den Boden. Eine von ihnen wurde von einer Anzuggestalt geschlagen.

Gunther blinzelte. Er konnte das Ganze nicht als wirkliches Geschehen aufnehmen. Die Frau zuckte unter den Schlägen zusammen, kreischte wild und versuchte, ihnen auszuweichen. Eines der Zelte war wieder aufgebaut worden, und im Schatten seiner regenbogenfarbenen Stoffbahnen lehnten vier weitere Anzuggestalten müßig am Geländer. Nicht einer von ihnen bewegte sich, um der Frau zu helfen.

»He!« rief Gunther. Er war ungeheuer verlegen, als ob er plötzlich mitten in ein Schauspiel gestolpert wäre, ohne sich an den Text oder die Handlung zu erinnern und ohne die geringste Ahnung zu haben, welches seine Rolle war. »Hören Sie auf!«

Die Anzuggestalt drehte sich zu ihm um. Er hielt den schlanken Arm der Frau mit einer behandschuhten Klammerfaust fest. »Verschwinden Sie!« knurrte eine männliche Stimme mürrisch durch die Sprechanlage.

»Was mischen Sie sich ein? Wer sind Sie?« Der Mann trug einen Westinghouse-Anzug, einer von etwa einem Dutzend unter den Nichtbetroffenen. Gunther erkannte ein braunes, nierenförmiges Narbenzeichen auf der Bauchplatte. »Posner – sind Sie das? Lassen Sie die Frau los!«

»Sie ist keine Frau«, sagte Posner. »Verdammt, schauen Sie sie doch an – sie ist nicht einmal ein Mensch. Sie ist eine Irre.«

Gunter stellte seinen Helm auf Mitschnitt ein. »Ich zeichne das auf«, warnte er. »Wenn Sie diese Frau noch einmal schlagen, wird Ekatarina es zu sehen bekommen. Das verspreche ich Ihnen.«

Posner ließ die Frau los. Sie stand einen Augenblick lang benommen da, dann übernahm die Stimme aus ihrem PeCe wieder die Herrschaft über sie. Sie bückte sich, um einen Besen aufzunehmen, und machte sich wieder an die Arbeit.

Während er seinen Helm ausschaltete, fragte Gunther: »Okay, was hat sie getan?«

Empört streckte Posner einen Fuß vor. Er deutete verbissen darauf. »Sie hat auf meinen Stiefel gepinkelt.«

Die Anzuggestalten im Zelt hatten die Szene mit Interesse beobachtet. Jetzt brachen sie in brüllendes Gelächter aus. »Selber schuld, Willy«, schrie einer von ihnen. »Ich habe dir ja gesagt, daß du nicht genügend Zeit für persönliche Hygiene eingeplant hast.«

»Mach dir keine Sorgen wegen so 'nem bißchen Feuchtigkeit. Sie wird verdampfen, sobald du das nächstemal ins Vakuum gerätst.«

Doch Gunther hörte nicht zu. Er starrte die Irre an, die Posner mißhandelt hatte, und fragte sich, warum er Anya nicht früher erkannt hatte. Ihr Mund war zusammengepreßt, das Gesicht fest verkniffen vor Angst, als ob es an ihrem Hinterkopf einen Schlüssel zum Straffziehen gäbe, der dreimal zuviel umgedreht worden wäre. Auch die Schultern hatte sie jetzt furchtsam nach vorn gekrümmt. Und doch …

»Es tut mir leid, Anya«, sagte er. »Hiro ist tot. Wir konnten nichts mehr für ihn tun.«

Sie fegte weiter, entrückt, unglücklich.

* * *

Er erwischte das letzte Sammeltaxi der Schicht, das zurück ins Zentrum fuhr. Es war ein schönes Gefühl, wieder zu Hause zu sein. Miiko Ezumi hatte entschieden, daß die Sauerstoff- und Wasserüberschüsse der außerhalb gelegenen Fabriken hergeschafft werden sollten, und anschließend einen Duschraum aus dem Felsen hauen lassen. Es stand eine lange Schlange für eine nur dreiminütige Benutzung an, und es gab keine Seife, aber niemand beschwerte sich. Einige Leute legten ihre Zeit zusammen und duschten gemeinsam zu zweit oder dritt. Diejenigen, die warteten, bis sie an der Reihe waren, rissen zotige Witzchen darüber.

Gunther wusch sich, griff nach sauberen Shorts und einem Glawkosmos-T-Shirt und tapste durch den Flur. Er blieb zögernd vor dem Gemeinschaftsraum stehen und hörte der Gruppe zu, die um den Tisch herumsaß und sich über die auffälligeren Irren unterhielten, denen sie begegnet waren.

»Hast du den Mäusejäger gesehen?«

»Und ob! Und Ophelia!«

»Den Papst!«

»Die Entendame!«

»Die Entendame kennt jeder.«

Sie lachten und freuten sich. Ein warmes Gefühl von Zusammengehörigkeit strömte aus dem Zimmer, etwas, das Gunthers Vater in seiner schmunzelnd-sentimentalen Art als Gemütlichkeit bezeichnet hätte. Gunther trat ein.

Liza Nagenda blickte auf, ganz Kiefer und Zähne, und erstarrte. Ihr Mund klappte zu. »Na, wenn das nicht der persönliche Spion der Ismailowa ist!«

»Wie bitte?« Bei dieser Anschuldigung stockte Gunther der Atem. Er sah sich hilflos im Raum um. Niemand erwiderte seinen Blick. Alle waren verstummt.

Lizas Gesicht war grau vor Zorn. »Du hast gehört, was ich gesagt habe! Du warst es doch, der Krishna verraten hat, oder nicht?«

»Also, so etwas Abartiges habe ich noch nie gehört! Du mußt ja eine unheimliche Scheiß ...« Mit großer Mühe beherrschte er sich. Es hatte keinen Sinn, ihrer Hysterie auf die gleiche Weise zu begegnen. »Es geht dich überhaupt nichts an, wie meine Beziehung zur Ismailowa geartet ist!« Er ließ den Blick um den Tisch schweifen. »Keiner von euch verdient es, etwas zu erfahren, aber Krishna arbeitete an einem Gegenmittel. Wenn irgend etwas, das ich gesagt oder getan habe, ihn veranlaßt haben sollte, ins Labor zurückzukehren, nun, dann mag das so sein.«

Sie feixte. »Und wie lautet deine Entschuldigung für die Schnüffelei im Fall von Will Posner?«

»Ich habe niemals ...«

»Wir haben die Geschichte gehört! Du hast ihm angedroht, du würdest mit deinen kleinen Helmvideos sofort zu deiner hochgeschätzten Ismailowa rennen.«

»Laß gut sein, Liza«, setzte Takayuni an. Sie brachte ihn mit einer wegwerfenden Handbewegung zum Schweigen.

»Weißt du, was Posner getan hat?« Gunther fuchtelte

mit einem Finger vor Lizas Gesicht herum. »He! Sag, weißt du das? Er hat eine Frau geschlagen – Anya. Er hat Anya in aller Öffentlichkeit verprügelt.«

»Na und? Er ist einer von uns, oder nicht? Und kein ausgeflippter, glotzender, tobender, sabbernder *Irrer!*«

»Du Miststück!« Außer sich vor Wut machte Gunther einen Satz über den Tisch zu Liza. »Ich werde dich umbringen, das schwöre ich!« Die Leute wichen entsetzt von ihm zurück; suchten das Weite; ein Hin und Her von Bewegung entstand. Posner warf sich Gunther in den Weg, mit weit ausgebreiteten Armen und männlich-kühn vorgerecktem Kinn. Gunther versetzte ihm einen Fausthieb ins Gesicht. Posner sah überrascht aus und stürzte nach hinten. Gunthers Hand schmerzte, dennoch fühlte er sich auf seltsame Art wohl; wenn alle anderen verrückt waren, warum sollte er es dann nicht auch sein?

»Versuch es nur!« kreischte Liza. »Wir wußten die ganze Zeit, daß du so ein Typ bist!«

Takayuni zerrte Liza in die eine Richtung davon. Hamilton packte Gunther und zog ihn in die andere. Zwei von Posners Freunden hielten diesen zurück.

»Ich habe die Nase endgültig voll von dir, mehr kann ich nicht ertragen!« schrie Gunther. »Du billige Fotze!«

»Hört euch das an! Habt ihr gehört, wie er mich nennt?«

Unter Gebrüll wurden sie durch die gegenüberliegenden Türen hinausgezerrt.

* * *

»Schon gut, Gunther.« Beth hatte ihn in die erste Koje geschubst, die sie erreicht hatten. Er prallte zitternd gegen die Wand und schloß die Augen. »Jetzt ist alles in Ordnung.«

Doch das war keineswegs so. Gunther kam die plötzliche Erkenntnis, daß er mit Ausnahme von Ekatarina keine Freunde mehr hatte. Keine echten Freunde, wirkliche Freunde. Wie konnte das geschehen? Es war, als ob sich alle in reißende Werwölfe verwandelt hätten. Auch jene, die nicht im eigentlichen Sinn wahnsinnig waren, waren Ungeheuer. »Ich verstehe das nicht.«

Beth Hamilton seufzte. »Was verstehst du nicht, Weil?«

»Die Art, wie die Leute ... die Art, wie wir alle die Irren behandeln. Als Posner Anya verprügelt hat, standen vier weitere Anzuggestalten in der Nähe, und nicht einer von ihnen machte auch nur einen Finger krumm, um ihn daran zu hindern. Nicht einer! Und mir ging es genauso; es hat keinen Sinn, wenn ich so tue, als wäre ich besser als die anderen. Ich wäre am liebsten weitergegangen und hätte vorgetäuscht, nichts gesehen zu haben. Was geht in uns vor?«

Beth Hamilton zuckte die Achseln. Ihr Haar war kurzgeschnitten und schwarz und umgab ein schlichtes rundes Gesicht. »Ich habe als Kind eine ziemlich teure Schule besucht. In einem Jahr machten wir eins dieser Experimente, die der persönlichen Bereicherung dienen sollen. Du kennst sie, oder? Ein Lebensexperiment. Wir wurden in zwei Gruppen aufgeteilt – Gefangene und Wächter. Die Gefangenen durften den ihnen zugewiesenen Bereich nicht ohne die Erlaubnis eines Wächters verlassen, die Wächter bekamen besseres Essen und all solche Sachen. Sehr einfache Regeln. Ich gehörte zu den Wächtern.

Fast sofort fingen wir an, die Gefangenen zu schikanieren. Wir stießen sie herum, schrien sie an, befahlen ihnen, sich in Reih und Glied aufzustellen. Das Erstaunliche war, daß die Gefangenen es sich gefallen ließen. Sie waren uns zahlenmäßig fünf zu eins überlegen. Wir hatten keinerlei Befugnis, uns so zu verhalten, wie wir es taten. Doch keiner von ihnen beschwerte sich. Kein einziger erhob sich und sagte: Nein, das dürft ihr nicht tun. Sie spielten das Spiel mit.

Nach Ablauf eines Monats wurde das Projekt abgesetzt, und wir analysierten in einigen Studienseminaren, was wir gelernt hatten: die Wurzeln des Faschismus und so weiter. Lies mal Hannah Arendt. Und schließlich war alles vorbei. Außer daß meine beste Freundin nie wieder ein Wort mit mir sprach. Ich kann es ihr nicht verübeln. Nicht nach der Art, wie ich mich verhalten hatte.

Was hatte ich wirklich gelernt? Daß die Menschen jede Rolle spielen, in die man sie steckt. Sie tun es, ohne zu wissen, was sie tun. Man nehme eine Minderheit, erzähle ihr, daß sie etwas Besonderes sei, und mache die Leute zu Wächtern – und sie werden Wächter spielen.«

»Wo liegt also die Lösung? Wie können wir verhindern, daß wir für immer in den Rollen gefangen sind, die wir spielen?«

»Wenn ich es nur wüßte, Weil. Wenn ich es nur wüßte.«

* * *

EKATARINA WAR IN EINE KOJE am hinteren Ende eines neuen Tunnels gezogen. Es war der einzige Raum im ganzen Tunnel, und folglich genoß sie reichlich Privatsphäre. Als Gunther eintrat, hob sich eine Stimme aus dem statischen Knistern in seinem Mentalkom-Chip heraus. »…Entsetzen gemeldet. In Kairo wird von regierungsamtlicher Seite betont …« Sie verstummte.

»He! Das bedeutet die Wiederherstellung …« Er brach ab. Wenn die Radioverbindung wirklich wiederhergestellt worden wäre, hätte er es gewußt. Das wäre allgemeiner Gesprächsstoff im Zentrum gewesen. Das hieß also, daß der Funkkontakt niemals vollkommen abgebrochen gewesen war. Er wurde einfach vom KMP kontrolliert.

Ekatarina sah ihn an. Sie hatte offenbar geweint, inzwischen aber aufgehört. »Die Schweizer Orbitalgesellschaft gibt es nicht mehr!« flüsterte sie. »Man hat sie mit allem beschossen, von Weichbomben bis zu Glitzerkieseln. Man hat die Schiffswerften zu Staub gemacht.«

Das gewaltige Ausmaß der Todesopfer verschleierte im ersten Moment die Bedeutung dessen, was sie sagte. Er ließ sich neben ihr niedersinken. »Aber das heißt …«

»Daß es kein Raumfahrzeug gibt, das uns erreichen kann – genau. Sofern sich nicht ein Schiff unterwegs befindet, sind wir hier ein für allemal gestrandet.«

Er nahm sie in die Arme. Sie fror und zitterte. Sie fühlte sich feucht-kalt an und hatte eine Gänsehaut. »Wie lang ist es her, seit du geschlafen hast?« fragte er streng.

»Ich kann mich nicht …«

»Du bist eingestöpselt, nicht wahr?«

»Ich kann es mir nicht leisten zu schlafen. Jetzt nicht. Später.«

»Ekatarina! Die Energie, die du über den Draht bekommst, wird dir nicht geschenkt. Sie ist nur von deinem eigenen Körper geliehen. Sobald du dich ausstöpselst, wird die Rückzahlung fällig. Wenn du dich zu lange an den Draht anschließt, stürzt du dich ins Koma.«

»Ich war noch nie …« Sie verstummte, und ein verwirrter, unsicherer Ausdruck trat in ihre Augen. »Vielleicht hast du recht. Eine kleine Ruhepause würde mir wahrscheinlich guttun.«

Das KMP meldete sich zu Wort. »Kader Neun baut einen Radioempfänger. Ezumi hat ihnen grünes Licht dafür gegeben.«

»Scheiße!« Ekatarina richtete sich kerzengerade auf. »Können wir das irgendwie verhindern?«

»Ein Vorgehen gegen ein allgemein beliebtes Projekt würde Sie den Verlust Ihrer Glaubwürdigkeit kosten, und Sie können sich eine derartige Einbuße nicht leisten.«

»Okay. Wie können wir den Schaden so gering ...«

»Ekatarina«, unterbrach Gunther sie. »Schlaf, erinnerst du dich?«

»Sofort, Baby.« Sie klopfte mit der flachen Hand auf das Futonbett. »Leg dich schon mal hin und warte auf mich. Ich werde das hier alles im Griff haben, bevor du eingeschlummert bist.« Sie küßte ihn zärtlich und zögerte. »Alles in Ordnung?«

»Ja, sicher.« Er legte sich hin und schloß die Augen, nur für eine Sekunde.

Als er aufwachte, war es Zeit, die Schicht anzutreten, und Ekatarina war weg.

* * *

Es war erst der fünfte Tag nach Wladiwostok. Doch alles war so grundsätzlich verändert, daß die Zeit davor wie die Erinnerung an eine andere Welt erschien. In einem früheren Leben war ich Gunther Weil, dachte er. Ich lebte und arbeitete und hatte hin und wieder ein bißchen Spaß. Damals war das Leben einigermaßen angenehm.

Er suchte immer noch nach Sally Chang, wenn auch mit schwindender Hoffnung. Er hatte sich angewöhnt, immer, wenn er mit einer Anzuggestalt sprach, zu fragen, ob sie seine Hilfe brauchte. Es kam immer häufiger vor, daß sie sie nicht brauchten.

Die Kapelle auf der dritten Ebene war eine flache Schale, zur Terrassenwand hin ausgerichtet. Tigerlilien wuchsen im Bereich der Kanzel um deren Fuß herum, und türkisfarbene Echsen huschten über den Fels. Kinder spielten in der Kanzel Ball. Gunther stand oben und plauderte mit Ryohei Iomato, der mit trauriger Stimme sprach.

Die Kinder legten den Ball beiseite und fingen an zu tanzen. Sie spielten Ringelreihen. Gunther beobachtete sie mit einem Lächeln. Von oben gesehen glichen sie vielen Farbtupfern, einer Blume, die sich von selbst entfaltete und wieder schloß. Langsam verging ihm das Lächeln. Sie tanzten zu perfekt. Nicht eins der Kinder machte einen falschen Schritt, nahm den falschen Platz ein oder zog sich schmollend zurück. Der Ausdruck auf ihren Gesichtern war angespannt, selbstversunken, unmenschlich. Gunther mußte sich abwenden.

»Das KMP steuert sie«, erklärte Iomato. »Ich brauche eigentlich nicht viel zu tun. Ich stöbere die Videos durch und suche Spiele für sie heraus, Lieder zum Singen und kleine Leibesübungen, damit sie gesund bleiben. Manchmal lasse ich sie etwas zeichnen.«

»Mein Gott, wie halten Sie das aus?«

Iomato seufzte. »Mein alter Herr war Alkoholiker. Sein Leben war ziemlich hart, und irgendwann fing er an zu trinken, um die Sorgen zu vertreiben. Und wissen Sie was?«

»Es funktionierte nicht.«

»Genau. Er wurde dadurch nur noch trübsinniger. Dann hatte er also doppelten Anlaß, sich zu betrinken. Er versuchte es jedoch immer weiter, das muß ich ihm lassen. Er gehörte nicht zu den Menschen, die etwas aufgeben, an das sie glauben, nur weil es nicht so funktioniert, wie sie es gern gehabt hätten.«

Gunther sagte nichts.

»Ich glaube, die Erinnerung ist das einzige, das mich davon abhält, meinen Helm abzusetzen und mich zu ihnen zu gesellen.«

* * *

DAS VIDEOZENTRUM der Korporativen Gesellschaft war ein schmaler Schlauch von Büros in den abgelegensten Tunnelbereichen, wo die Rohfassungen von Filmstreifen für Werbespots und alle möglichen geschäftlichen Verwendungszwecke bearbeitet wurden, bevor sie in die besser ausgestatten Videozentren auf der Erde geschickt wurden. Gunther ging von Büro zu Büro und schlug in mehreren Räumen auf die Aus-Schalter von Flachbildschirmen, die bei der Katastrophe angelassen worden waren und seither flackerten.

Es war gespenstisch, durch die normalerweise mit emsigem Treiben erfüllten Räume zu wandeln und niemanden anzutreffen. Die Schreibtische und die mit allerlei Zeug vollgepackten Werkbänke waren in systematischer Unordnung verlassen worden, als ob die daran Arbeitenden nur eben für eine kurze Pause hinausgegangen wären und jeden Augenblick zurückkommen würden. Gunther ertappte sich dabei, wie er sich erschreckt umdrehte und nur seinem eigenen Schatten begegnete, und bei unerwarteten Geräuschen zusammenzuckte. Mit jedem Apparat, den er ausschaltete, wuchs die Stille in seinem Rücken. Die Einsamkeit wurde ihm doppelt so deutlich wie draußen auf der Oberfläche.

Er löschte ein letztes Licht und trat hinaus in den düsteren Gang. Zwei Anzuggestalten mit eingewebten H-und-A-Schriftzeichen auf der Brust tauchten aus dem Schatten auf. Er machte vor Schreck einen Satz. Die Anzuggestalten bewegten sich nicht. Er lachte kläglich über sich selbst und schob sich an ihnen vorbei. Sie waren natürlich leer – es gab keine Komponenten von Hyundai Aerospace unter den Nichtbetroffenen. Jemand hatte einfach vor dem Ausbruch des Wahnsinns diese Anzüge zur vorübergehenden Aufbewahrung hier zurückgelassen.

Die Anzuggestalten griffen nach ihm.

»He!« Er schrie entsetzt auf, als sie ihn an den Armen packten und von den Füßen hoben. Einer von ihnen hakte den PeCe von seinem Geschirr los und ließ ihn zuschnappen. Bevor er wußte, wie ihm geschah, wurde er eine kurze Treppe hinunter und durch eine Tür gestoßen.

»Mr. Weil.«

Er befand sich in einem hohen in den Felsen gehauenen Raum, der der Unterbringung von Luftdosiersystemen dienen sollte, die noch gar nicht konstruiert waren. Ein hoch oben angebrachtes Band provisorischer Arbeitslampen spendete fahles Licht. Auf der anderen Seite des Raums saß eine Anzuggestalt hinter einem Schreibtisch, und zu seinen beiden Seiten standen zwei weitere. Sie alle trugen Anzüge mit dem Schriftzeichen von Hyundai Aerospace. Er hatte keine Möglichkeit, sie zu identifizieren.

Die Anzuggestalten, die ihn hereingebracht hatten, verschränkten die Arme.

»Was geht hier vor?« fragte Gunther. »Wer sind Sie?«

»Sie sind die letzte Person, der wir das verraten würden.« Er konnte nicht erkennen, welcher von ihnen gesprochen hatte. Die Stimme kam über seine Sprechanlage, durch einen elektronischen Filter geschlechtslos und unpersönlich gemacht. »Mr. Weil, Sie werden beschuldigt, Verbrechen gegen Ihre Mitbürger begangen zu haben. Haben Sie etwas zu Ihrer Verteidigung anzuführen?«

»Wie bitte?« Gunther sah die Anzuggestalten vor sich und zu beiden Seiten an. Sie waren vollkommen identisch, nicht voneinander zu unterscheiden, und plötzlich hatte er Angst, zu welchen Handlungen sich die Leute darin die Freiheit nehmen könnten, in ihrer Rüstung der Anonymität. »Hören Sie, Sie haben kein Recht zu so etwas. Es gibt eine für solche Fälle zuständige Regierungseinrichtung, wenn Sie Beschwerden gegen mich vorzubringen haben.«

»Nicht alle sind mit der Regierung der Ismailowa zufrieden«, entgegnete der Richter.

»Aber sie hat nun mal das KMP unter sich, und wir könnten Bootstrap nicht in Betrieb halten, wenn das KMP nicht die Irren steuern würde«, fügte ein zweiter hinzu.

»Wir müssen sie mit unseren Aktionen einfach umgehen.« Vielleicht war das der Richter gewesen, vielleicht eine noch andere Anzuggestalt. Gunther hätte es nicht zu sagen vermocht.

»Möchten Sie sich in eigener Sache äußern?«

»Was genau wird mir vorgeworfen?« fragte Gunther verzweifelt. »Nun gut, vielleicht habe ich etwas Falsches getan; ich möchte diese Möglichkeit nicht vollkommen ausschließen. Aber vielleicht begreifen Sie meine Situation einfach nicht. Haben Sie das in Betracht gezogen?«

Schweigen.

»Ich meine, was erzürnt Sie denn? Ist es wegen Posner? Da mir das nicht leid tut, werde ich mich deshalb nicht entschuldigen. Man darf Menschen nicht einfach mißhandeln, nur weil sie krank sind. Sie sind immer noch Menschen, wie alle anderen auch. Sie haben ihre Rechte.«

Schweigen.

»Wenn Sie mich jedoch für einen Spion oder so etwas halten, der herumläuft und Leute an Ek ... an die Ismailowa verrät, dann ist das schlichtweg nicht wahr. Ich meine, ich spreche natürlich mit ihr; ich will nicht so tun, als wäre das nicht der Fall, aber ich agiere nicht für sie als Spion oder so etwas. Sie hat keine Spione. Sie braucht keine! Sie versucht lediglich, die Dinge zusammenzuhalten, das ist alles.

Mein Gott, Sie haben ja keine Ahnung, was sie für Sie

alles durchgemacht hat! Sie haben nicht gesehen, wieviel Kraft sie das alles kostet! Sie würde nichts lieber tun, als den ganzen Kram hinschmeißen. Aber sie muß sich ihrer Aufgabe weiterhin annehmen, weil ...« Ein gespenstisches dunkles elektronisches Gebrabbel erschallte in seiner Sprechanlage, und er hielt inne, als er erkannte, daß sie ihn auslachten.

»Hat sonst noch jemand etwas zu sagen?«

Einer von Gunthers Häschern trat vor. »Euer Ehren, dieser Mann behauptet, die Irren seien menschlich. Er übersieht die Tatsache, daß sie ohne unsere Unterstützung und Anleitung nicht leben können. Ihr fortdauerndes Wohlergehen wird mit dem Preis einer endlosen Schufterei erkauft. Er hat sich mit seinen eigenen Worten schuldig gemacht. Ich beantrage, daß das Gericht eine Strafe über ihn verhängt, die dem Grad des Verbrechens angemessen ist.«

Der Richter blickte nach rechts, dann nach links. Seine beiden Beisteher nickten und traten zurück ins Nichts. Der Schreibtisch war an der Öffnung von etwas aufgestellt, das sich als Lufteingangsleitung entpuppte. Gunther hatte gerade Zeit genug für diese Feststellung, als sie bereits wieder erschienen und jemanden hereinführten, der genau wie er selbst einen G5-Anzug trug.

»Wir könnten Sie töten, Mr. Weil«, klirrte eine künstliche Stimme. »Doch das wäre Verschwendung. Jede Hand, jeder Geist wird gebraucht. Wir alle müssen in diesen Zeiten der Not an einem Strang ziehen.«

Die Gestalt mit dem G5-Anzug stand allein und reglos in der Mitte des Raums.

»Vorsicht!«

Zwei der Hyundai-Anzüge traten an den G5-Anzug heran. Vier Hände strebten gleichzeitig den Verschlüssen des Helms zu. Mit dem Geschick langer Erfahrung ließen sie die Schnallen aufschnappen und hoben den Helm hoch. Das geschah so schnell, daß der Daruntersteckende es nicht hätte verhindern können, wenn er es versucht hätte.

Unter dem Helm kam das angstverzerrte, verwirrte Gesicht eines Irren zum Vorschein.

»Geistige Gesundheit ist ein Privileg, Mr. Weil, kein verbrieftes Recht. Sie sind in allen Anklagepunkten schuldig. Wir sind jedoch keine grausamen Menschen. *Dieses eine Mal* werden wir Sie noch mit einer Verwarnung davonkommen lassen. Doch wir leben in äußerst schweren Zeiten. Bei ihrer nächsten Straftat – und sei sie nur eine solche Bagatelle wie der Bericht über diese Begegnung an den Kleinen General – könnten wir gezwungen sein, ohne die Formalität einer Anhörung das Urteil zu vollstrecken.« Der Richter legte eine Pause ein. »Habe ich mich klar ausgedrückt?«

Zögernd nickte Gunther.

»Dann ist Ihnen gestattet, sich zu entfernen.«

Auf dem Weg nach draußen gab ihm eine der Anzuggestalten seinen PeCe zurück.

* * *

FÜNF LEUTE. ER WAR SICHER, daß nicht mehr an der Sache beteiligt waren. Vielleicht noch einer oder zwei, aber das war alles. Posner mußte bis zum Bauch in der Sache mit drinstecken, davon war er überzeugt. Es dürfte nicht allzu schwer sein herauszufinden, wer die anderen waren.

Er wagte nicht, sich dem Risiko auszusetzen.

Am Ende der Schicht fand er Ekatarina bereits schlafend vor. Sie sah abgehärmt und ungesund aus. Er kniete neben ihr nieder und strich ihr sanft mit dem Handrücken über die Wange.

Flatternd öffneten sich ihre Augenlider.

»Oh, he … ich wollte dich nicht aufwecken. Schlaf wieder ein, ja?«

Sie lächelte. »Du bist süß, Gunther, aber ich habe sowieso bloß ein kurzes Nickerchen gemacht. Ich muß in fünfzehn Minuten auf den Beinen sein.« Sie schloß die Augen wieder. »Du bist der einzige, dem ich noch wirklich trauen kann. Alle lügen mich an, geben mir falsche Informationen, schweigen, wenn ich über etwas Bescheid wissen müßte. Du bist der einzige, auf den ich zählen kann, der mich über alles unterrichtet.«

Du hast Feinde, dachte er. Sie nennen dich Kleiner General, und es gefällt ihnen nicht, wie du die Dinge lenkst. Sie sind noch nicht soweit, daß sie direkt gegen dich vorgehen können, aber sie haben ihre Pläne fertig. Und sie sind skrupellos.

Laut sagte er: »Schlaf noch ein bißchen.«

»Alle sind gegen mich«, murmelte sie. »Scheißkerle!«

* * *

Den nächsten Tag verbrachte er damit, durch die Instandhaltungshallen für die Luftleitungssysteme zu gehen. Er fand ein einziges Nest von Irren, das aus zerfetzten Vakuumanzügen bestand, doch nach Rücksprache mit dem KMP kam er zu dem Schluß, daß dort schon seit Tagen niemand mehr hauste. Es gab keine Spur von Sally Chang.

Wenn es schon vor seiner sonderbaren Gerichtsverhandlung eine Qual gewesen war, durch die Sperrzonen zu gehen, so war es jetzt noch viel schlimmer. Ekatarinas Feinde hatten ihn mit Angst infiziert. Der Verstand sagte ihm, daß sie ihm nicht auflauerten, daß er nichts zu befürchten hatte, wenn er nicht erneut ihr Mißfallen erregte. Doch sein Hinterkopf wollte einfach nicht darauf hören.

Die Zeit kroch dahin. Als er schließlich am Ende seiner Schicht ins Tageslicht hinaustrat, fühlte er sich nach den vielen Stunden der Abgeschiedenheit dumpf im

Kopf und der Realität entrückt. Zunächst fiel ihm nichts Ungewöhnliches auf. Dann war die Sprechanlage seines Anzugs auf einmal voller Stimmen, und Leute hasteten in alle Richtungen. Es lag ein glückliches Summen in der Luft. Jemand sang.

Er zupfte an einem vorbeieilenden Anzug und fragte: »Was ist denn los?«

»Haben Sie es nicht gehört? Der Krieg ist vorbei. Man hat Frieden geschlossen. Und es nähert sich ein Schiff.«

* * *

DIE *GENFER SEE* HATTE WÄHREND des langen Flugs zum Mond die meiste Zeit über geschwiegen und auf TV-Übertragungen verzichtet, aus Angst vor Langstrecken-Strahlungswaffen. Nach dem Friedensschluß jedoch richteten sie eine Direktverbindung nach Bootstrap ein.

Ezumis Leute ließen von den Irren ein gewaltiges Baumwollrechteck zusammennähen und einige Seilranken abhacken, damit sie es an der Schattenseite des Kraters aufhängen konnten. Nachdem die Lichtstrahler ausgeschaltet waren, wurde das Videobild projiziert. Schweizer Astronauten stolperten vor der Kamera umher und grinsten, ganz Jeans und rote Cowboy-Hüte. Sie sprachen darüber, wie sie den Jäger-Sucher-Raketen entkommen waren, wobei ihre spröden jungen Stimmen sich gegenseitig übertönten.

Die höchsten Offiziere waren unter dem Baumwollrechteck versammelt. Gunther erkannte ihre Anzüge. Ekatarinas Stimme schallte laut aus neu aufgestellten Lautsprechern. »Wann landen Sie? Wir müssen sichergehen, daß die Fläche des Raumhafens frei ist. Wie viele Stunden noch?«

Eine blonde Frau hielt fünf Finger hoch und sagte: »Fünfundvierzig.«

»Nein, dreiundvierzig.«

»Ganz falsch!«

»*Fast* fünfundfünfzig.«

Wieder schnitt Ekatarinas Stimme durch den Tumult. »Wie ist die Situation in den Orbitstationen? Wir haben gehört, sie sind zerstört?«

»Ja, zerstört.«

»Sehr schlimm, sehr schlimm. Es wird Jahre dauern, sie zu …«

»Die meisten Menschen sind jedoch …«

»Wir haben sechs Orbitwarnungen erhalten; viele flüchteten – es gab eine riesige Evakuierung.«

»Etliche sind jedoch gestorben. Es war sehr schlimm.«

Direkt unterhalb der Offiziere hatte eine Anzuggestalt mehrere Irre beim Aufbau einer Kameraplattform angeleitet. Jetzt winkte sie mit weit ausholenden Bewegungen, und die Irren stolperten davon. In der *Genfer See* rief jemand etwas, und mehrere Köpfe drehten sich zu einem Nebenbildschirm auf einem Monitor um. Die Anzuggestalt schwenkte die Kamera und bot ihnen einen langsamen Panoramaüberblick.

Einer der Schweizer sagte: »Wie ist die Lage hier? Ich sehe, daß einige von Ihnen Anzüge tragen und die anderen nicht. Was hat es damit auf sich?«

Ekatarina holte tief Luft. »Es hat hier einige Veränderungen gegeben.«

* * *

BEI ANKUNFT DER SCHWEIZER wurde im Zentrum ein sagenhaftes Fest gefeiert. Es wurden pfiffige Tauschaktionen mit Schlafschichten durchgeführt, und abgesehen von einer Notbesetzung, die die Irren beaufsichtigte, strömten alle hinaus, um das Dutzend Neuankömmlinge auf dem Mond zu begrüßen. Sie tanzten zu Waschbrettrhythmen und tranken vakuumdestillierten Wodka. Jeder gab Geschichten zum besten, verbreitete Gerüchte und Meinungen über die Wahrscheinlichkeit, daß der Frieden nicht dauerhaft sein könnte.

Gunther machte sich davon, als die Party in vollem Gange war. Die Schweizer bedrückten ihn. Sie erschienen ihm alle so jung und frisch und eifrig. Er fühlte sich in ihrer Gegenwart niedergeschmettert und verspürte einen Hang zum Zynismus. Am liebsten hätte er sie bei den Schultern gepackt und wachgerüttelt.

Er wanderte durch die geschlossenen Labors. Wo das Computerprojekt zur Virenerforschung durchgeführt worden war, sah er Ekatarina und den weiblichen Kapitän der *Genfer See,* die über einem Stapel von Kisten mit Bioflops konferierten. Sie waren tief über Ekatarinas PeCe gebeugt und lauschten dem KMP.

»Haben Sie erwogen, Ihre Industrie zu verstaatlichen?« fragte die Kapitänin. »Damit hätten wir das Gelände zur Verfügung, das wir brauchen, um die Neue Stadt aufzubauen. Mit Hilfe einiger vollverdrahteten Einrichtungen könnte Bootstrap gesteuert werden, ohne daß jemand den Fuß hineinzusetzen brauchte.«

Gunther war zu weit entfernt, um die Antwort des KMP zu hören, doch er sah, daß beide Frauen lachten. »Nun«, sagte Ekatarina, »zumindest müssen wir die Bedingungen mit der Elternkorporative neu aushandeln. Wenn nur ein einziges Schiff funktionsfähig ist, können Menschen nicht so leicht ersetzt werden. Physische Gegenwart ist eine wertvolle Ware geworden. Wir wären töricht, daraus keinen Nutzen zu ziehen.«

Er ging weiter, tiefer in den Schatten, wanderte ziellos umher. Schließlich war vor ihm ein Licht, und er hörte Stimmen. Eine war die Krishnas, doch er sprach schneller und kraftvoller, als er es von ihm gewöhnt war. Neugierig blieb er dicht vor der Tür stehen.

Krishna befand sich mitten im Labor. Vor ihm stand Beth Hamilton und nickte unterwürfig. »Ja, Sir«, sagte sie. »Das werde ich erledigen. Jawohl.« Verdutzt erkannte Gunther, daß Krishna ihr Befehle erteilte.

Krishna blickte auf: »Weil! Du bist genau der Mann, den ich im Begriff war zu suchen.«

»Ach ja?«

»Komm rein, trödele nicht herum!« Krishna lächelte und winkte ihn heran, und Gunther hatte keine andere Wahl, als zu gehorchen. Er sah jetzt wie ein junger Gott aus. Die Kraft des Geistes tanzte in seinen Augen wie Feuer. Es war seltsam, daß Gunther bisher noch nie aufgefallen war, wie groß er war. »Sag mir, wo Sally Chang ist«, sagte Krishna.

»Ich weiß … ich meine, ich kann nicht. Ich …« Er hielt inne und schluckte. »Ich glaube, Sally Chang muß wohl tot sein.« Und dann fuhr er fort: »Krishna? Was ist mit dir geschehen?«

»Er hat seine Forschungen beendet«, antwortete Beth.

»Ich habe meine Persönlichkeit von oben bis unten neu gestaltet«, erklärte Krishna. »Ich bin kein halber Krüppel mehr vor lauter Schüchternheit – hast du das nicht gemerkt?« Er legte Gunther eine Hand auf die Schulter, und sie war warm und angenehm. »Gunther, ich will dir nicht erzählen, welche Mühe es war, genügend Mediatoren aus den Spuren früherer Experimente zusammenzukratzen, um diesen Versuch an mir selbst zu machen. Aber es funktioniert. Wir haben eine Behandlungsmethode, die unter anderem zur umfassenden Heilung aller Betroffenen in Bootstrap dienen könnte. Aber um das zu schaffen, brauchen wir die Mediatoren, und sie sind nicht hier. Jetzt sage mir, warum du annimmst, daß Sally Chang tot ist.«

»Na ja … ähm … ich suche sie seit vier Tagen. Und das KMP hat auch nach ihr gesucht. Du hast dich während der ganzen Zeit hier verkrochen gehabt, deshalb kennst du die Irren vielleicht nicht so gut wie wir anderen. Aber sie sind nicht besonders stark im Planen.

Die Wahrscheinlichkeit, daß einer von ihnen durch aktives Vorgehen einer so gründlichen Aufspürungsbemühung entgeht, ist praktisch gleich Null. Das einzige, was ich mir vorstellen könnte, ist, daß sie es bis an die Oberfläche geschafft hat, bis die Wirkung bei ihr eingesetzt hat; daß sie dann in einen Wagen gestiegen ist und den Fahrer angewiesen hat, so lange zu fahren, wie ihr Sauerstoff reicht.«

Krishna schüttelte den Kopf und sagte: »Nein. Das deckt sich einfach nicht mit Sally Changs Charakter. Beim besten Willen kann ich mir nicht ausmalen, daß sie sich selbst umbringt.« Er zog eine Schublade auf: Reihen um Reihen glänzender Zylinder. »Das könnte eine Hilfe sein. Erinnerst du dich, wie ich dir sagte, daß zwei Behälter mit mimetischen Überträgern fehlen, nicht nur der schizomimetische?«

»Dunkel.«

»Ich war zu sehr mit anderen Dingen beschäftigt, um mir deswegen Sorgen zu machen, aber war das nicht merkwürdig? Warum sollte die Chang einen Behälter mitnehmen und keinen Gebrauch davon machen?«

»Was befand sich in dem zweiten Behälter?« fragte Beth Hamilton.

»Die Substanz der Paranoia«, sagte Krishna. »Oder vielmehr ein hinlänglich guter chemischer Analogstoff. Nun, Paranoia ist eine seltene Krankheit, jedoch eine faszinierende. Sie ist gekennzeichnet durch ein kompliziertes, aber in sich konsequentes System von Trugbildern. Eine paranoide Patientin verfügt über intellektuelle Funktionen und ist weniger reduziert als eine schizophrene. Ihre emotionalen und sozialen Reaktionen ähneln mehr dem Normalverhalten. Sie ist zu koordinierten Handlungen fähig, Während einer Phase des Aufruhrs ist es durchaus möglich, daß ein paranoides Wesen sich unserer Aufspürung entzieht.«

»Okay, wir wollen das also klar festhalten«, sagte

Beth Hamilton. »Auf der Erde bricht Krieg aus. Die Chang erhält ihre Befehle, gibt den Schlüssel für die Software-Bombe ein und geht mit einem Behälter voll Wahnsinn und einem Häppchen Paranoia nach Bootstrap – nein, das bringt nichts. Es fällt alles auseinander.«

»Wieso?«

»Paranoia würde sie nicht gegen Schizophrenie immun machen. Wie schützt sie sich gegen ihre eigenen Aerosolbomben?«

Gunter stand wie vom Donner gerührt da. »Lavendel!«

* * *

SIE HOLTEN SALLY CHANG auf der obersten Ebene von Bootstrap ein. Die höchste Ebene war unterentwickelt. Eines Tages – so versprachen es die Broschüren der Korporativen Gesellschaft – würde Damwild an den Ufern von glasklaren Teichen grasen und Ottern sich in Flüssen tummeln. Doch bis jetzt war weder das Erdreich angeschüttet, noch die Würmer ausgesetzt oder die Bakterien gesät. Es gab nur Sand, Maschinen und vereinzelt trauriges, opportunistisches Unkraut.

Sally Chang hatte sich ihr Lager auf der einen Seite des Flußkopfes eingerichtet, unter einem Lichtstrahler. Als sie sich ihr näherten, machte sie Anstalten, sich zu erheben, warf schnell einen Blick zur Seite und beschloß, es im Sitzen mit ihnen aufzunehmen.

Ein Schild mit der Aufschrift NOTBEDACHUNGS-SERVICESTATION war an eine Strebe geschweißt, die den Ventilschaft des Flusses stützte. Darunter befanden sich ein kleiner Berg pyramidenförmig aufgestapelter Sauerstofftanks und ein Speicherbehälter aus Aluminium von der Größe eines Sarges.

»Gar nicht dumm«, murmelte Beth über Gunthers Mentalkom-Chip. »Sie schläft in dem Speicherbehälter, und jeder, den es zufällig hierher verschlägt, vermutet darin lediglich Ersatzgerät für den Notfall.«

Die lavendelfarbene Anzuggestalt hob einen Arm und sagte lässig: »Hallo, Jungs, was kann ich für euch tun?«

Krishna ging einen Schritt auf sie zu und nahm ihre Hand. »Sally, ich bin's – Krishna!«

»Oh, Gott sei Dank!« Sie sank ihm in die Arme. »Ich hatte solche Angst!«

»Jetzt ist alles gut.«

»Ich habe euch im ersten Moment für Invasoren gehalten, als ich euch herankommen sah. Ich habe solchen Hunger – ich weiß gar nicht mehr, wann ich das letzte Mal etwas gegessen habe.« Sie klammerte sich an den Ärmel von Krishnas Anzug. »Du weißt doch Bescheid über die Invasoren, oder nicht?«

»Vielleicht solltest du mein Wissen auf den neuesten Stand bringen.«

Sie setzten sich in Richtung der Treppe in Bewegung. Krishna gab Gunther schweigend ein Zeichen und deutete auf das Arbeitsgeschirr von Sally Changs Anzug. Ein Zylinder von der Größe einer Feldflasche ging daran. Gunther streckte die Hand danach aus und löste ihn aus der Halterung. Die Mediatoren! Er hielt sie in der Hand!

Auf der anderen Seite löste Beth Hamilton den fast vollen Zylinder mit Paranoia-Überträgern und ließ ihn verschwinden.

Sally Chang, die tief versunken war in die Ausführung ihrer Argumentation, merkte nichts davon. »...gehorchten natürlich meinen Befehlen. Doch sie ergaben keinen Sinn. Ich machte mir schreckliche Sorgen, bis mir schließlich klar wurde, was sich wirklich abspielte. Ein Wolf, der in einer Falle gefangen ist, scheut nicht davor zurück, sein Bein abzubeißen, um sich zu befreien. Ich machte mich auf die Suche nach dem Wolf.

Welche Art von Feind rechtfertigte derart extreme Handlungen? Bestimmt kein menschlicher.«

»Sally«, warf Krishna ein, »bitte befasse dich mit der Überlegung, daß die Verschwörung – in Ermangelung eines passenderen Wortes – möglicherweise viel tiefer verwurzelt ist, als du vermutest. Daß das Problem nicht in einem äußeren Feind begründet ist, sondern in den Machenschaften deines eigenen Gehirns. Insbesondere daß die Invasoren ein Gebilde der psychoseimitierenden Mittel sind, die du dir in den Rücken injiziert hast, als das Ganze anfing.«

»Nein. Es gibt zu viele Beweise. Alles paßt wunderbar zusammen! Die Invasoren brauchten einen Weg, um sich sowohl physisch zu tarnen, was durch die Vakuumanzüge erreicht wurde, als auch psychisch, was durch den allgemeinen Wahnsinn erzielt wurde. Auf diese Weise können sie sich unbemerkt unter uns bewegen. Wäre ein menschlicher Feind soweit gegangen, in ganz Bootstrap die Sklavenarbeit einzuführen? Undenkbar. Sie können unsere Gedanken wie Bücher lesen. Wenn wir uns nicht mit den schizomimetischen Maschinen geschützt hätten, wären sie in der Lage gewesen, alles Wissen aus uns herauszuquetschen, alle Geheimnisse unser militärischen Forschung ...«

Während er zuhörte, konnte Gunther nicht umhin sich vorzustellen, was Liza Nagenda zu all diesem wirren Geschwätz sagen würde. Und bei dem Gedanken an sie spannten sich seine Kiefermuskeln. Wie eine von Sally Changs Maschinen, so wurde ihm bewußt, und er konnte nicht anders, als auf seine eigenen Kosten amüsiert zu sein.

* * *

EKATARINA WARTETE AM FUSS der Treppe. Ihre Hände zitterten merklich, und in ihrer Stimme schwang ein leichtes Beben mit, als sie sagte: »Was soll das alles, was mir das KMP über sogenannte Mediatoren erzählt? Krishna soll angeblich irgendeine Heilmethode gefunden haben?«

»Wir haben sie!« sagte Gunther leise, freudig. Er hielt den Zylinder hoch. »Es ist vorbei, wir können unsere Freunde heilen.«

»Laß mich sehen«, sagte Ekatarina. Sie nahm ihm den Zylinder aus der Hand.

»Nein, warte!« rief Beth Hamilton, jedoch zu spät. Hinter ihr stritt sich Krishna mit Sally Chang über ihre Deutung der Ereignisse der letzten Zeit. Keiner von ihnen hatte bis jetzt bemerkt, daß die vorderen beiden stehengeblieben waren.

»Zurückbleiben!« Ekatarina trat zwei Schritte zurück. In scharfem Ton fügte sie hinzu: »Ich habe nicht die Absicht, Schwierigkeiten zu machen. Aber wir werden das Ganze genau durchdenken, und bis dahin möchte ich nicht, daß mir irgend jemand zu nahe kommt. Das gilt auch für dich, Gunther.«

Irre versammelten sich um sie herum. Einzeln oder zu zweit kamen sie über den Rasen gelaufen, und schließlich zu Dutzenden. Als ihnen klar geworden war, daß Ekatarina sie über das KMP herbeigerufen hatte, waren Krishna, Sally Chang und Beth Hamilton durch eine Wand von Leuten von ihr und Gunther getrennt.

Sally Chang stand reglos da. Irgendwo hinter ihrem verborgenen Gesicht revidierte sie ihre Theorien, um dieses neue Ereignis einzupassen. Plötzlich schlug sie mit den Händen auf ihren Anzug und tastete nach den fehlenden Behältern. Sie sah Krishna an und sagte mit vor Entsetzen schriller Stimme: »Du bist einer von ihnen!«

»Natürlich bin ich das nicht ...«, setzte Krishna an. Doch sie hatte sich bereits umgedreht und floh stolpernd wieder die Treppe hinauf.

»Laßt sie gehen!« befahl Ekatarina. »Wir müssen uns

mit ernsteren Dingen beschäftigen.« Zwei Irre trabten vorbei; sie trugen einen kleinen Industrieofen zwischen sich. Sie stellten ihn ab, und ein dritter schloß ein Stromkabel an. Das Innere begann zu glühen. »Der Zylinder ist das einzige, was ihr habt, stimmt's? Wenn ich ihn nun in Dampf sterilisiere, besteht keine Hoffnung, den Inhalt zu ersetzen.«

»Ismailowa, hören Sie«, sagte Krishna.

»Ich höre. Sprechen Sie!«

Krishna erklärte, während die Ismailowa mit verschränkten Armen und skeptisch geneigten Schultern zuhörte. Als er fertig war, schüttelte sie den Kopf. »Es ist ein edler Wahnsinn, trotzdem ist es nichts anderes als Wahnsinn. Sie möchten unseren Geist zu etwas umformen, das dem Verlauf der menschlichen Evolution fremd ist. Den Sitz des Denkens auf die Liege eines Jetpiloten verfrachten. Ist das Ihre Vorstellung von einer Lösung? Vergessen Sie es. Nachdem diese verhängnisvolle Büchse erst einmal geöffnet ist, wird es keine Möglichkeit mehr geben, den Inhalt wieder hineinzubefördern. Und Sie haben keine überzeugenden Argumente vorgebracht, die dafür sprechen, sie zu öffnen.«

»Aber die Leute in Bootstrap«, warf Gunther ein. »Sie ...«

Sie unterbrach ihn. »Gunther, niemandem *gefällt,* was mit ihnen geschehen ist. Doch wenn wir anderen unsere Menschlichkeit aufgeben müssen, um für eine fragwürdige und moralisch zweifelhafte Rehabilitation zu bezahlen ... Nun, der Preis ist einfach zu hoch. Wahnsinnig oder nicht, zumindest sind sie noch Menschen.«

»Bin ich kein Mensch?« fragte Krishna. »Wenn Sie mich kitzeln, lache ich dann nicht?«

»Sie sind nicht in der Lage, sich ein Urteil zu erlauben. Sie haben Ihre Neuronen neu gestaltet und sind berauscht von der Neuheit. Welche Tests haben Sie an sich selbst durchgeführt? Wie gründlich haben Sie Ihre

Abweichungen von menschlichen Normen aufgezeichnet? Wo sind Ihre Zahlen?« Das waren rein rhetorische Fragen; eine Analyse wie die, von der sie sprach, würde zwei Wochen in Anspruch nehmen. »Selbst wenn Sie dabei als vollkommen menschlich eingestuft werden – und ich unterstelle, daß das nicht der Fall sein wird –, wer kann ermessen, welches die Langzeitfolgen sind? Was verhindert, daß wir Schritt für Schritt und mit großer Beschleunigung auf den Wahnsinn zustreben? Wer entscheidet, was Wahnsinn ist? Wer programmiert die Programmierer? Nein, das ist unmöglich. Ich spiele nicht auf gut Glück mit unserem Geisteszustand.« Verteidigend und beinah wütend wiederholte sie: »Ich spiele nicht mit unserem Geisteszustand.«

»Ekatarina«, sagte Gunther sanft, »wie lange bist du schon auf? Hör dir doch mal selbst zu! Der Draht hat das Denken für dich übernommen.«

Sie machte eine wegwerfende Handbewegung, ohne zu antworten.

»Nur aus einer praktischen Erwägung heraus«, sagte Beth Hamilton, »würde mich interessieren, wie Sie gedenken, Bootstrap weiter in Gang zu halten, ohne diesen Weg zu beschreiten? Die gegenwärtige Szene macht uns alle zu kleinen Faschisten. Sie sagen, sie sorgen sich wegen des Wahnsinns – was wird in einem Jahr mit uns los sein?«

»Das KMP versichert mir ...«

»Das KMP ist nur ein Programm!« rief Beth Hamilton aus. »Wie interaktiv es auch sein mag, es ist nicht flexibel. Hoffnung kommt darin nicht vor. Es kann neue Situationen nicht beurteilen. Es kann nur alte Entscheidungen bekräftigen, alte Werte, alte Gewohnheiten, alte Ängste.«

Aufbrausend fauchte Ekatarina: »*Gehen Sie mir aus den Augen!*« Sie kreischte. »Aufhören! Aufhören! Aufhören! Ich werde das nicht länger dulden!«

»Ekatarina ...«, begann Gunther.

Doch ihre Hand umklammerte den Zylinder fester. Sie beugte die Knie und ging langsam neben dem Ofen in die Hocke. Gunther merkte ihr an, daß sie nicht mehr zuhörte. Drogen und die Last die Verantwortung hatten diesen Zustand bei ihr bewirkt, hatten sie aufgeputscht und sie mit widersprüchlichen Anforderungen verwirrt, bis sie zitternd am Rand des Zusammenbruchs stand. Eine Nacht gesunden Schlafs hätte sie vielleicht wiederhergestellt, sie in die Lage für ein vernünftiges Gespräch versetzt. Doch die Zeit war zu knapp. Durch Worte konnte sie jetzt nicht mehr aufgehalten werden. Und sie war zu weit von ihm entfernt, daß er sie hätte erreichen können, bevor sie den Meditator zerstörte. In diesem Augenblick empfand er ein überwältigend starkes Gefühl für sie, das nicht zu beschreiben war.

»Ekatarina«, sagte er. »Ich liebe dich.«

Sie wandte den Kopf halb zu ihm um und sagte in einem zerstreuten, etwas verwirrten Ton: »Was willst du ...«

Er nahm die Bolzenpistole von seinem Arbeitsgeschirr, zielte und drückte ab.

Ekatarinas Helm wurde zerschmettert.

Sie stürzte zu Boden.

* * *

»Ich hätte so schiessen sollen, daß nur ihr Helm zerbrochen wäre. Das hätte sie zur Besinnung gebracht. Aber ich habe mich nicht für einen ausreichend guten Schützen gehalten. Also habe ich direkt auf die Mitte ihres Kopfes gezielt.«

»Pscht«, sagte Beth Hamilton. »Du hast getan, was du tun mußtest. Hör auf, dich zu quälen. Sprich über praktischere Dinge.«

Er schüttelte den Kopf, immer noch schwer mitgenommen. Lange Zeit hatte er unter dem Einfluß von Beta-Endophinen gestanden, unfähig, etwas zu empfinden, unfähig, um etwas zu trauern. Es war, als ob er in ein Wattepolster eingepackt wäre. Nichts konnte an ihn herankommen. Nichts konnte ihn verletzen. »Wie lange war ich weg?«

»Einen Tag.«

»Einen Tag!« Er blickte sich in dem schmucklosen Raum um. Kahle Felswände und eine Laboreinrichtung mit glatten, nichtssagenden Flächen. Auf der anderen Seite bückten sich Krishna und Sally Chang über eine Kipptafel, in eine vergnügte Diskussion vertieft und ungeduldig jeweils das Gekritzel des anderen überschreibend. Ein Schweizer Astronaut kam herein und sprach zu ihren Rücken. Krishna nickte zerstreut, ohne sich umzusehen. »Ich dachte, es wäre viel länger gewesen.«

»Es war lange genug. Wir haben bereits alle, die zu Sally Changs Gruppe gehören, gerettet, und beim Rest machen wir gute Fortschritte. Es wird bald Zeit sein zu entscheiden, wie du dich selbst umgestaltet haben möchtest.«

Er schüttelte den Kopf und fühlte sich tot. »Ich glaube, das ist mir vollkommen egal, Beth. Ich habe einfach keinen Nerv dafür.«

»Wir werden dir den Nerv geben.«

»Nö, ich will nicht ...« Er spürte, wie ihn wieder ein schwarzer Schwindel befiel. Er erschien zyklisch; jedesmal, wenn er dachte, daß er ihn allmählich überwunden hätte. »Ich will nicht, daß die Tatsache meines Mordes an Ekatarina einfach in einer warmen Flut von Selbstzufriedenheit weggespült wird. Diese Vorstellung ekelt mich an.«

»Das wollen wir auch nicht.« Posner betrat mit einer siebenköpfigen Delegation das Labor. Krishna und Sally Chang erhoben sich, um ihnen entgegenzugehen, und

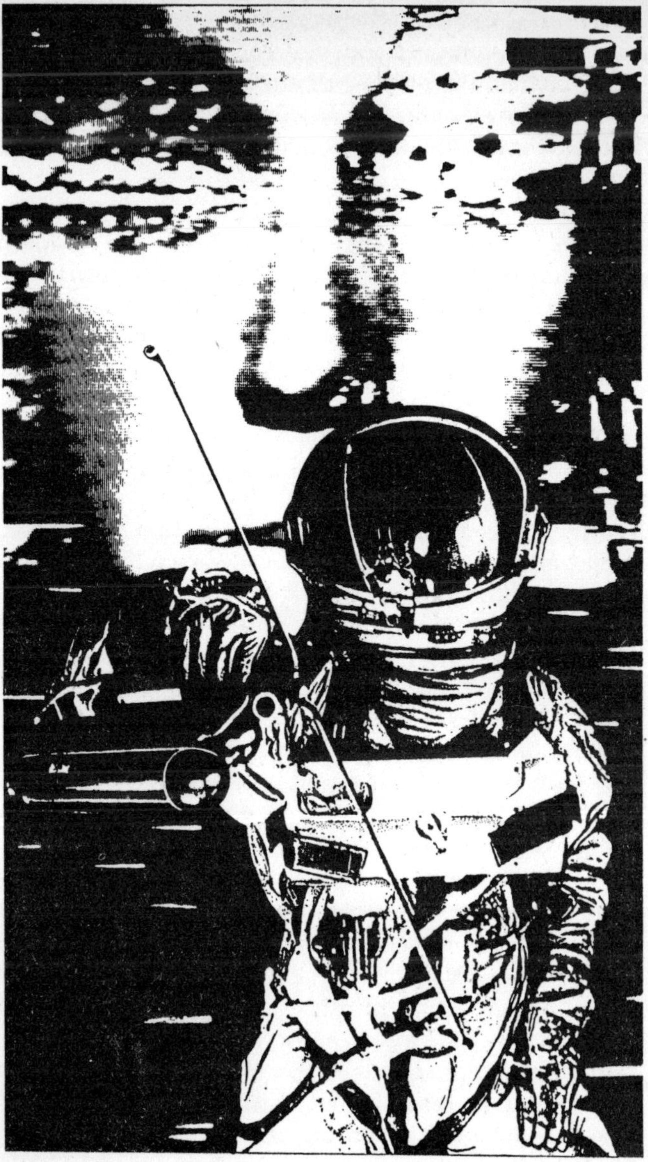

die Gruppe teilte sich in zwei herumschwirrende Hälften. »Davon gab es genug. Es ist an der Zeit, daß wir alle die Verantwortung übernehmen für die Folgen des …« Alle sprachen gleichzeitig. Beth Hamilton verzog das Gesicht zu einer Grimasse.

»Endlich die Verantwortung übernehmen für …«

Die Stimmen wurden lauter.

»Hier können wir nicht reden«, sagte sie. »Nimm mich mit hinauf an die Oberfläche.«

* * *

Sie fuhren mit einer Druckausgleichskabine auf der Seething Bay Road nach Westen. Vor ihnen berührte die Sonne beinah die aufgebrochenen Wände des Sömmering-Kraters. Schatten kroch von den Bergen und Kratergipfeln herunter und strebte dem strahlend hell erleuchteten Sinus Medii zu. Gunther fand den Anblick schmerzhaft schön. Er wollte nicht darauf reagieren, doch die schroffen Linien spiegelten den einsamen Schmerz in seinem Innern auf eine Weise wider, die er als seltsam tröstend empfand.

Beth Hamilton berührte ihren PeCe. ›Putting on the Ritz‹ füllte ihre Köpfe.

»Und wenn Ekatarina nun doch recht hatte?« sagte er traurig. »Wenn wir nun tatsächlich alles aufgeben, das uns zu Menschen macht? Die Aussicht, in einen kopflastigen, gefühllosen Supermann verwandelt zu werden, behagt mir nicht besonders.«

Beth Hamilton schüttelte den Kopf. »Ich habe Krishna danach gefragt, und er verneinte das. Er sagte, es ist wie … Warst du jemals kurzsichtig?«

»Sicher, als Kind.«

»Dann wirst du es verstehen. Er sagt, es ist, wie wenn man zum erstenmal aus der Arztpraxis kommt, nachdem man mit Laserstrahlen behandelt worden ist. Plötzlich wird alles klar und lebensecht und unterscheidbar. Was zuvor ein verschwommenes Etwas war, das man ›Baum‹ genannt hat, löst sich zu Tausenden von einzelnen unterschiedlichen Blättern auf. Die Welt ist mit einemmal angefüllt mit unerwarteten Details. Man entdeckt Dinge am Horizont, die man nie zuvor erblickt hat. So etwa.«

»Aha.« Er starrte geradeaus. Die Sonnenscheibe berührte beinah Sömmering. »Es hat keinen Sinn, noch weiter zu fahren.«

Er drosselte die Geschwindigkeit des Wagens.

Beth Hamiltons Gesicht drückte Verlegenheit aus. Sie räusperte sich und sagte mit energischer Strenge: »Gunther, hör mal. Ich habe mich von dir aus einem bestimmten Grund hierherbringen lassen. Ich möchte eine Verschmelzung der natürlichen Energien vorschlagen.«

»Eine was?«

»Heirat.«

Gunther brauchte eine ganze Weile, bis in ihn einsickerte, was sie gesagt hatte. »Ähm ... nein ... ich bin nicht ...«

»Ich meine es ernst, Gunther. Ich weiß, daß du denkst, ich wäre dir gegenüber sehr hart gewesen, aber das lag nur daran, daß ich in dir ein großen Potential gesehen habe und daß du es überhaupt nicht ausschöpfst. Nun, die Dinge haben sich geändert. Räume mir bei deiner Neugestaltung ein Mitspracherecht ein, und ich gewähre dir das gleiche bei mir.«

Er schüttelte den Kopf. »Das ist mir alles entschieden zu schwierig.«

»Es ist zu spät, um das als Entschuldigung anzuführen. Ekatarina hatte recht – wir sitzen auf der Spitze von etwas sehr Gefährlichem, der gefährlichsten Möglichkeit, der sich die Menschheit heute gegenübersieht. Die Katze ist jedoch aus dem Sack. Die Kunde hat sich verbreitet. Die Erde ist entsetzt und fasziniert. Sie werden uns beobachten. Für kurze Zeit, eine sehr kurze Zeit, können wir diese Sache steuern. Wir können jetzt dazu beitragen, sie in die richtige Form zu bringen, solang sie noch klein ist. In fünf Jahren wird sie sich unserem Griff entzogen haben.

Du hast eine gute Seele und einen fähigen Geist, Gunther, und beides ist im Begriff, noch besser zu werden. Ich glaube, wir sind einer Meinung darüber, was für eine Welt wir schaffen möchten. Ich hätte dich gern an meiner Seite.«

»Ich weiß nicht, was ich sagen soll.«

»Willst du wahre Liebe? Die kannst du haben. Und wir können den sexuellen Teil so süß oder wild gestalten, wie du es magst. Nichts leichter als das. Willst du mich stiller, lauter, sanfter, stürmischer? Wir können darüber reden. Laß uns probieren, zu einem Modus zu kommen.«

Er sagte nichts.

Beth Hamilton ließ sich in den Sitz zurücksinken. Nach einer Pause sagte sie: »Weißt du was? Ich habe noch nie einen Sonnenuntergang auf dem Mond beobachtet. Ich komme nicht oft an die Oberfläche.«

»Daran müssen wir wohl etwas ändern«, sagte Gunther.

Beth blickte ihm eindringlich ins Gesicht. Dann lächelte sie. Sie rutschte näher zu ihm hinüber. Ungelenk legte er ihr einen Arm auf die Schulter. Genau das schien sie von ihm erwartet zu haben. Er hustete mit vorgehaltener Hand, dann streckte er deutend einen Finger aus. »Da geht sie hin.«

Der Sonnenuntergang auf dem Mond war eine schlichte Angelegenheit. Die Kraterwand berührte den unteren Rand der Sonnenscheibe. Schatten hüpften von den Hängen und flossen über das Flachland. Es dauerte eine Ewigkeit, bis die halbe Sonne verschwunden war.

Glatt, ohne Unebenheiten, verringerte sie sich immer weiter. Schließlich brannte nur noch ein glitzerndes silbernes Licht auf dem Felsen, dann hörte auch das auf. Während des Augenblicks, in dem sich die Windschutzscheibe anpaßte und die Sterne erschienen, füllte sich das Universum mit Dunkelheit.

Die Luft in der Kabine wurde kühler. Die Platten der Innenverkleidung knarrten und krachten wegen des plötzlichen Temperatursturzes.

Jetzt kraulte Beth ihn seitlich am Hals. Ihre Haut fühlte sich bei der Berührung etwas rauh an und verströmte einen schwachen, aber deutlich wahrnehmbaren Geruch. Sie fuhr mit der Zunge rund um sein Kinn und schob sie ihm ins Ohr. Ihr Hände fummelten an den Schnallen seines Anzugs herum.

Gunther verspürte nicht die geringste Erregung, sondern nur eine mäßige Abneigung, die an Ekel grenzte. Das hier war schrecklich, eine Verunglimpfung all dessen, was er für Ekatarina empfunden hatte.

Doch es war eine Pflicht, die er erfüllen mußte. Beth Hamilton hatte recht. Sein ganzes Leben lang war sein Hinterkopf für sein Verhalten ausschlaggebend gewesen, hatte ihn mit Emotionen gesteuert, die chemisch erzeugt und aufs Geratewohl angewendet wurden. Er war an den Gaul des Bewußtseins angeschirrt und gezwungen gewesen, mit ihm überall hinzutraben, und dieses alptraumhafte Hin und her hatte ihm nur Schmerz und Verwirrung beschert. Jetzt, da er die Zügel in die Hand genommen hatte, konnte er das Pferd dahin lenken, wohin er wollte.

Er war sich nicht sicher, was er von seiner Programmierung fordern wollte. Vielleicht Zufriedenheit. Sex und Leidenschaft, das ziemlich sicher. Aber keine Liebe. Er hatte die Nase voll von romantischen Sinnestäuschungen. Es war Zeit, erwachsen zu werden.

Er drückte Beths Schulter. Noch einen Tag, dachte er,

dann macht es mir nichts mehr aus. Ich werde das empfinden, was für mich am besten ist zu empfinden. Beth hob ihren Mund dem seinen entgegen. Seine Lippen öffneten sich. Er roch ihren warmen Atem.

Sie küßten sich.